Couvertures supérieure et inférieure
manquantes

LES LOLOTTES

HISTOIRÈ

DE

CARMAGNOLE

PARIS. — TYP. COSSON ET COMPᵉ,
Rue du Four-Saint-Germain, 43.

Souvenirs du Quartier Latin

LES LOLOTTES

PAR

ANTONIO WATRIPON

HISTOIRE
DE CARMAGNOLE

PARIS

LUCIEN MARPON, LIBRAIRE

Galerie de l'Odéon

ET CHEZ TOUS LES LIBRAIRES

1861

PRÉFACE

Le moment où l'on peut écrire des *Souvenirs* est donc arrivé pour moi! Me voici donc parvenu à ce point culminant de la colline dont on rit à vingt ans, parce qu'on croit qu'on n'y atteindra jamais... La belle chose que l'expérience, et à quel prix elle s'achète! Encore, si elle pouvait profiter aux nouveaux venus! Mais non! il est écrit qu'ils passeront par les mêmes phases que vous et moi... Un jour ils médiront de leur passé, comme vous et moi, tout en le regrettant. Au moment d'entrer dans le domaine des ombres, ils entendront des voix qui leur crieront que l'heure est bien avancée pour faire l'école buissonnière ; que l'été de leur Saint-Martin commence à laisser échapper ses dernières feuilles vertes... Qu'importe! la jeunesse des autres étant un prétexte pour ne pas vieillir, ils demanderont la permission de boire encore à cette coupe qu'on appelle l'illusion, coupe charmante qui ne mousse souvent que sur les bords. Encore une heure, rien qu'une heure de folie, et nous serons sages demain !

Le nouveau Paris n'est pas toujours hospitalier pour ceux qui ont aimé le vieux, j'allais dire le *vrai* Paris ; oui, le *vrai*, puisqu'il avait été bâti par nos aînés, les écoliers du temps de Louis le Jeune. Donc, les démolitions m'avaient chassé de la rue d'Enfer, vers les hauteurs de Montmartre ; j'emportai mon léger bagage, laissant derrière moi quinze ans d'insouciance, de souvenirs et de jeunesse. J'allais donc devenir l'homme sérieux qu'avaient rêvé de leur vivant mes braves et chers parents... Mais j'avais compté sans mon hôte, ce petit *homunculus* folâtre que nous portons tous au-dedans de nous-mêmes. On ne change pas de nature comme on change de logement. Huit jours durant, je restai sans regrets, dans la plus parfaite quiétude, comme si j'étais bourgeois de Montmartre depuis l'invasion des Cosaques.

J'étais content de moi ; décidément, je devenais un homme sérieux ; j'avais oublié le chemin des écoliers.

Par malheur, je m'étais laissé aller sans songer à rien à une promenade sur la butte Montmartre, par un beau soleil couchant. Défiez-vous des soleils couchants ! ils distillent à travers leurs rayons de pourpre la poésie de ce que nous avons le plus souffert et de ce que nous avons le plus aimé. Je voyais là-bas, là-bas, à travers les nuages bronzés d'or, le dôme de mon Panthéon étincelant comme une épopée ; et l'*homunculus* me chantait tout bas : C'est là-bas qu'est la fière montagne d'ambition (*mons ambitionis*, comme on l'appelait au bon temps), cette montagne Sainte-Geneviève, au haut de laquelle l'ami Panurge plaçait son épée ; « et si elle bransloit, devinoit que le guet venoit d'en bas... »

L'*homunculus* me chantonnait encore que les marronniers blancs et roses du Luxembourg étaient en fleur et qu'il neigeait sous leur verdure... si bien que je rêvais marcher sur ce tapis festonné par la nature qui

conduit du val d'Enfer, de la magnifique
croix de l'Observatoire aux senteurs embau-
mées de Fontenay et des bois de Verrières.
Je n'y tenais plus, le chemin des écoliers
me trottait dans la tête, et je trottais dessus;
décidément, je n'étais pas un homme sérieux et je me prenais en pitié de ne pas
l'être. J'avais la nostalgie du Pays-Latin !...

C'est une nostalgie dont on ne se débar-
rasse pas facilement. Demandez plutôt à
François Villon, qui ne pouvait l'oublier ni
à la cour de Charles d'Orléans, ni à la cour
d'Angleterre, ni au couvent de Saint-Maixent.
Terrible ennui qui lui fit faire des farces au
souverain de la Grande-Bretagne et qui l'a-
mena à faire endiabler les pauvres moines.
Pierre Faifeu, un autre joyeux galant, mourut de chagrin de l'avoir quitté, d'avoir
quitté la petite boulangère de la basoche,
pour se marier avec une riche et sérieuse
héritière.

Le Pays-Latin est la source de Jouvence,
où l'on boit du vin d'une éternelle jeunesse.
Demandez plutôt à M. Babinet, ce jeune savant sexagénaire, qui y a écrit son *Traité de*

l'immortelle jeunesse sous l'empire des idées les plus vertes et les plus riantes. Les moralistes ont beau prêcher qu'il n'y a que les sots qui ne savent pas vieillir ; les poëtes ont beau chanter qu'il n'y a que ceux qui meurent jeunes pour être aimés des dieux.... — Eh bien! soit! Je demande à mourir jeune, vers cent ans, comme Fontenelle !...

Enivré et poussé par mon *homunculus*, je descendis donc les sèches collines de Montmartre pour gravir la colline sacrée où règne encore un fragment de l'enceinte de Philippe-Auguste... Mais, hélas !.. à travers des murs pantelants et des rues éventrées, je heurtais de jeunes hommes qui m'étaient inconnus ; je ne reconnaissais pas moi-même les lieux où j'avais aimé et vécu. O comble d'ironie ! je ne reconnus qu'un homme, un seul, un brave professeur en Sorbonne, que j'avais jadis sifflé de mon mieux, et que j'aurais volontiers embrassé à cette heure, tant je me sentais heureux de me trouver en face d'un témoin d'autrefois. Je saluai donc avec bonheur M. de Saint-Marc Girardin, et je me sentis pour ce Gaulois du vieux Paris une sympathie au moins égale à l'ardeur que j'avais mise jadis à le siffler. Le temps, ce grand maître qui nous enseigne l'indulgence et l'art de l'estime, s'était chargé de nous mettre d'accord. Je déclamai, sans sourire cette fois, ces vers poncifs :

> Puisque ici je rencontre un ami si fidèle,
> Ma fortune va prendre une face nouvelle.

Voici donc comment je fus amené à écrire ces premiers *Souvenirs du Quartier-Latin*, en attendant les autres. Ce sont des études prises sur le vif.

Les *Lolottes* sont une revue rétrospective esquissée à la hâte et, comme on dit, au bout de la plume. J'espère qu'on ne me fera pas l'injure de les confondre avec ces pornographies déguisées qui ont pour but d'amuser les badauds et de surexciter leurs appétits blasés. Dans ces récits, qui ont le défaut d'être trop sincères, la moralité est toujours au bout, à titre de leçon.

Carmagnole est une histoire bien plus qu'un roman ; aussi révoltera-t-elle par une certaine crudité. Quoiqu'elle soit écrite depuis longtemps, je n'ai rien voulu y changer, afin de lui laisser la saveur de son époque. On y trouvera peu de savoir-faire, une absence totale d'arrangement et d'*agencement*, comme on dit aujourd'hui dans l'argot des lettres. Quant à la sincérité, c'est une autre affaire; où doit-on rechercher ce mérite, si ce n'est dans des *Souvenirs du Quartier-Latin?*

> On doit excuser jeune cœur en jeunesse,
> Quand on le voit vieil en vieillesse.

LES LOLOTTES

La Lolotte est, à l'heure présente, un fait accompli qu'il faut classer dans la grande catégorie des RONGEURS (section féminine), une des plus importantes de la physiologie sociale, surtout à Paris.

La Lolotte est une dégénérescence de la grisette, qui n'était elle-même qu'une exception. Beaucoup de gens sont de bonne foi quand ils soutiennent que la grisette n'a jamais existé ; — qu'elle est le produit artificiel du roman, etc., etc.

La grisette de Paul de Kock, celle d'Auguste Ricard, la Rigolette d'Eugène Sue, ne sont cependant pas des fantaisies de l'imagination. Elles ont été moulées sur le vif. N'en déplaise aux loustics d'atelier, aux bourgeois incrédules et aux faux étudiants, Gavarni a pris quelque part sur la rive gauche ses admirables types de grisettes.

La grisette n'est, après tout, qu'une Parisienne en petit bonnet. Elle florissait de 1832 à 1834, au temps des chapeaux *bibi*, et se mourait en 1836. La lithographie a beau s'évertuer à en fourrer partout; en cherchant à la ressusciter, elle ne fait que commettre des anachronismes dont la province n'est même plus la dupe.

La Lolotte est née dix ou douze ans plus tard. Aujourd'hui elle est une vérité.

Seulement, la grisette, produit original et charmant d'une époque tourmentée, n'a pas pu se reproduire. Elle a disparu comme ces fleurs idéales qui ne vivent que pendant l'orage.

La Lolotte, au contraire, se multiplie à vue d'œil; comme toutes les espèces de second ordre, elle tend au croisement et à la banalité. Précieuse à noter, toutefois, en ce qu'elle accuse une de ces mille et mille métamorphoses qui font de la Parisienne une métempsycose toujours vivante et presque indéchiffrable.

Il n'est bon bec que de Paris.

Ce dicton, émis sur les femmes il y a trois cents ans, n'a fait que gagner en à-propos depuis le seizième siècle.

ÉTYMOLOGIE

Son nom de *Lolotte* ne serait-il qu'une réminiscence d'un roman de Ducray-Duminil qui a fait palpiter nos cœurs de collégiens?...

En effet, toute *Lolotte* a son *Fanfan*. Le Fanfan est ordinairement ce que nous appelions autrefois un *pigeon*.

Le nom n'a guère changé depuis:..... Qu'importe! il indique toujours que l'innocent a toutes les conditions requises pour se laisser plumer.

L'expérience a beau lui souffler (à droite) qu'il y laissera certainement jusqu'à son paletot.... le démon qui parle (à gauche, côté du cœur) promet de lui ouvrir les portes de la félicité... C'est toujours le plus persuasif et le mieux écouté.

Ça commence comme dans une chanson de tradition, chantée de temps immémorial, mais qui n'a jamais été imprimée.

> Près de là je vis un pigeon
> Qui se tenait droit comme un jonc,
> Le nez au vent et l'âme en peine ;
> Il regardait d'un air vainqueur
> Quelqu'un... C'est sa *dame de cœur!*
> Pour un cœur vierge, quelle aubaine !...

Je penche à croire que ce nom de *Lolotte*
donné à cette dame de cœur lui vient de sa
prédilection pour les crémeries.

De *lolo* on a fait Lolotte.

La Lolotte est, en effet, née avec les crème-
ries. Partout où elle habite, la crémerie se
propage. Il y en aura bientôt plus que de
consommateurs, surtout en deçà de la Seine,
là où campe la tribu peu sauvage des Lolottes.

Dans le vieux style, on appelait *laiterie* la
boutique où l'on vend du lait. Un fruitier
ambitieux a changé tout cela. Hier il n'était
que fruitier-laitier ; aujourd'hui il s'intitule
Crémier-Glacier... — Triste effet des révolu-
tions, ainsi que l'a dit Joseph Prudhomme.

On y consomme du lait ; mais le lait n'est
qu'un prétexte. Il en est même où l'on consomme toute espèce de choses alcoolisées ou
frelatées, excepté du lait.

La crémerie, établissement tout moderne,
en se généralisant à Paris, s'est élevée à la
hauteur du restaurant, avec lequel elle riva-
lise. Du bol de café à la crème on est passé
à l'omelette et aux œufs sur le plat ; des
œufs sur le plat à la côtelette et au bif-
teck.

Les crémeries les plus curieuses de Paris

2

sont celles du quartier Breda, où viennent manger des artistes, des employés, des lorettes économes ou en débine ; celles du passage du Caire, qui, à l'heure de midi, fourmillent de jeunes ouvrières du quartier Saint-Denis, peuplade féminine qui se renouvelle de quart d'heure en quart d'heure...

La plus intéressante à observer est, à coup sûr, la crémerie du quartier latin, en ce que les habitués des deux sexes y vivent souvent en permanence.

Les crémeries des rues du Four-Saint-Germain et de Buci ne sont fréquentées que par des ouvrières des alentours, qui viennent y faire leur apprentissage de *Lolottes*. — De là au quartier latin il n'y a qu'un pas.

Les crémeries à Lolottes sont celles du quartier de l'Odéon et de l'École de Médecine, rue Monsieur-le-Prince, rue Saint-Jacques, autrefois rue de la Harpe, aux environs de la place Saint-Michel et de la rue Soufflot.

Les étudians havanais avaient mis en vogue celle de la mère Chevallier, rue des Grès.

Les plus centrales étaient les crémeries de la mère Giraud et de la mère Marie, rue des Cordiers.

Le fameux caboulot de la rue des Cordiers,

dont les murs sont couverts de fresques, et qui sert tous les soirs de goguette à des artistes, était primitivement une crémerie.

Il y avait aussi, rue Saint-André-des-Arts, la *crémerie du Paradoxe* où a déjeuné il y a cinq ans toute la littérature de Paris.

Il y a tant à dire sur la crémerie, qu'il faudrait en tracer une physiologie spéciale. C'est un sujet qui mérite d'être approfondi.

Toujours est-il que ce qu'on vient y chercher sur la rive gauche, c'est la *Lolotte*.

Pour la Lolotte l'heure du berger est l'heure du café au lait, à l'instant où l'étudiant en droit sort, maussade et ennuyé, du cours de Digeste et de droit romain ; — où l'élève en médecine est disposé à oublier les misères de l'hôpital et les belles horreurs de Clamart.

Attention ! c'est le quart d'heure où, savourant sa *bavaroise* plus ou moins sophistiquée, Fanfan se laisse prendre le cœur par Lolotte.

Ennuyé des rabâchages du docteur Pangloss, Candide ne demande pas mieux que de rencontrer sa Cunégonde, une Cunégonde avant la lettre.

... Insensés que nous sommes,
C'est toujours cet amour qui tourmente les hommes !

Je suis heureux de trouver dans André Chénier la raison de ces unions morganatiques qui se concluent sur l'heure entre deux bols de café à la crème. Si j'en avais trouvé une autre, je ne me gênerais pas pour la dire.

Fanfan opère donc son entrée dans le monde au bras de Lolotte. Il débute par une école buissonnière à Fontenay ou à Robinson. *Buissonnière* est d'autant plus le mot, que Fanfan laisse bien des choses aux buissons de la route. Encore, s'il n'y perdait que sa laine !...

On a comparé la jeunesse au printemps, et l'on a bien fait, car le printemps est l'époque de la tonte des moutons. En cette circonstance, je dirai, — pour continuer l'image, — que c'est Lolotte qui tient les ciseaux.

Demandez à ce magistrat devenu grave et vertueux où il a pris sa première leçon de droit...

Interrogez ce savant docteur, et il vous répondra comment il s'est préparé, dix ans et quelquefois plus, à étudier la médecine.

SYMPTOMES

Quand le temps est mauvais, la Lolotte a horreur du parapluie. C'est à ce signe que vous la reconnaissez. Elle préfère un *parapluie à deux roues*, style oriental. (En langue vulgaire, le parapluie à deux roues est un milord ou un cabriolet).

En cas de beau temps, elle prie Fanfan de lui acheter une ombrelle.

TYPES ET PROTOTYPES

La Grisette n'avait qu'une robe en indienne. La Mimi Pinson d'Alfred de Musset ne possède qu'une robe au monde et qu'un bonnet.

La Lolotte n'a généralement qu'une robe à volants achetée *trente-neuf* francs dans les magasins à prix fixe, et un chapeau rafraîchi au Temple ; — de sorte qu'elle est toujours en toilette et prête pour le bal, ce qui l'empêche de sortir à pied.

Le rendez-vous des Lolottes était tout récemment la crémerie de la mère Giraud, rue des Cordiers, quartier de la Sorbonne, presque en face de l'hôtel Jean-Jacques Rousseau, qui a aujourd'hui sa petite célébrité littéraire : Balzac, Chaudesaigues, Gustave Planche et bien d'autres y ont demeuré aux débuts de leur carrière d'écrivains.

La mère Giraud, née Auvergnate, ne comprenait qu'une nourriture : c'était le veau, qu'elle accommodait ou plutôt qu'elle déguisait sous toute espèce de formes. Il était donc inutile de lui demander du bœuf et du mouton. Il n'est resté d'elle que la légende, ou plutôt une chanson ultra-drôlatique intitu-

lée : *le Veau de la mère Giraud,* devenuet rès-
populaire dans le quartier latin ; elle se
chante sur l'air des *Fraises* de Pierre Dupont.
En voici le refrain :

> Qui veut du veau
> De la mèr' Giraud ?...
> Qu'il est chaud ! qu'il est beau !
> Qu'il est beau ! qu'il est chaud !
> Le veau de la mèr' Giraud !

C'est de la poésie trop réaliste pour qu'on
en puisse citer tous les couplets tant qu'ils
n'auront pas été traduits en latin.

A la déconfiture de la mère Giraud, les
Lolottes émigrèrent au passage d'Harcourt,
aujourd'hui démoli avec la rue de la Harpe,
dans la pension de la mère Lubin. On y vendait de tout à des prix impossibles, eu égard
à la cherté des vivres. C'était *l'île de l'utopie
du bon marché.* Il y avait là des portions à
deux et trois sous. L'été, on voyait des Lolottes
dîner de cinq ou six portions de melon.

Elles s'étaient donné entre elles des sobri-
quets tirés de leur plus ou moins de ressemblance avec les animaux. Ainsi il y avait : la
Souris, la Chèvre, le Rat, la Girafe, Cigale,
Pécari, Gazelle, etc.

D'autres, les plus influentes, gardaient leur
nom de guerre. L'un d'elles, née, je crois,
aux îles Baléares, avait pris sur ses camarades un véritable ascendant, grâce à son

énergie. C'était une brune magnifique, aux cheveux abondants, à la voix haute mais un peu rauque. Elle s'appelait *Oléa*. L'esprit des Parisiennes se vengeait de sa beauté en ne manquant jamais d'ajouter à son nom, chaque fois qu'on le prononçait, la terminaison *Gineuse*, ce qui produisait toujours un effet comique.

Un matin, — triste matin de novembre! — *l'île de l'utupie du bon marché* était devenue le radeau de la Méduse. La mère Lubin annonça philosophiquement que, *vu* de trop nombreux crédits peu remboursés, *il n'y avait plus un radis* dans l'établissement.

Quelques bohêmes étaient venus là par curiosité, sous prétexte de vaudeville et d'étude de mœurs; on leur déclara qu'il n'y avait pas même de quoi acheter du pain. Ils réalisèrent deux francs, à trois, comme première mise de fonds. Ce jour-là les Lolottes eurent du pain!

Le lendemain fut tout à fait triste. La mère Lubin était à fond de cale. La fille des îles Baléares, mademoiselle Oléa-*gineuse* lui propose d'acheter le fonds, — autrement dit le *pas de la porte*, — car il n'y avait plus de fonds; il avait été grignoté. — Stupéfaction générale! — personne ne soupçonnait la richesse de mademoiselle Oléa. — Il y eut redoublement de considération pour elle.

La chose était bien simple. Pendant que ses camarades, en vraies Danaïdes qu'elles étaient, remplissaient le tonneau du Mont-de-Piété, — mademoiselle Oléa, en fille de tête, mettait son cœur en loterie et plaçait un magot à la caisse d'épargne.

On voit que toutes les Lolottes ne manquent pas de prévoyance.

D'autres ont des vertus de famille. Une d'elles notamment, Clary Fauvette (ainsi nommée parce qu'elle chantait tout ce qu'elle voulait dire), avait une véritable passion filiale pour sa mère, qui n'avait jamais cessé de la battre quand elle était enfant. La jeune femme lui rendait en tendresse ses mauvais traitements... Singulière compensation !

Le plus grand plaisir qu'on pouvait faire à Fauvette était de lui proposer à dîner chez le rôtisseur de la rue Dauphine et de lui offrir ensuite un pot de *graisse d'oie* de plusieurs kilos.

Ce pot de graisse d'oie ne manquait pas de vous gagner le cœur de Clary, qui le portait à sa mère avec la joie enfantine du Petit Chaperon rouge chargé d'une galette pour sa mère-grand.

HISTOIRES ET TRADITIONS

C'est le soir, à la clarté d'un bol de punch, que les Lolottes aiment à raconter aux novices l'histoire des amours célèbres du quartier latin. Elles n'omettent aucun des détails *palpitants* de ces aventures vraies pour la plupart, et qui feraient pâlir l'imagination du plus intrépide romancier.

La légende qui obtient le plus de succès est celle de Foret et de Maria *aux accroche-cœurs*... Foret était un étudiant en droit qui, malade d'une passion pour Maria dite *aux accroche-cœurs*, se brûla la cervelle après lui avoir légué sa fortune. Ce dévouement sans exemple est l'objet de l'admiration des Lolottes, qui aspirent toutes au rôle de Maria.

On garde pour la fin la mort tragique d'Olympe la poseuse, qui est, de reste, un roman on ne peut plus émouvant.

Un étudiant en médecine s'ennuyait profondément de l'absence de sa maîtresse, grande dame, qui était allée faire un voyage de plusieurs mois en Italie. Une nuit, pour tuer le temps et le spleen qui le dévorait, il court au bal de la Closerie, et y rencontre

Olympe, à qui il propose un duel bachique des plus terribles.

L'étudiant propose à Olympe de boire un bol de punch au rhum pendant qu'il avalera un bol de punch au kirsch-waser.

Olympe accepte. — Le duel a lieu, sans témoins, dans la chambre de l'étudiant.

Le lendemain matin, l'étudiant entend frapper à sa porte ; il ouvre...

C'était celle qu'il aimait... revenue exprès pour le voir !...

L'étrangeté de la situation rend à l'étudiant son sang-froid et sa raison. Il voit tout ce qu'elle a d'horrible..... il va parler.

— Mais il y a ici une femme ! s'écrie la visiteuse avec un accent dont rien ne peut rendre le déchirement.

— Oui, madame, une femme qui dort.....

— Non, monsieur, dit la dame, qui s'était approchée du lit... une femme qui est morte dans les convulsions !..... Tout est fini entre nous ; mais je suis trop vengée.

Olympe était morte asphyxiée.

La grande dame paya les frais de ses funérailles. Quant à l'étudiant, il s'engagea comme volontaire dans l'armée. — On a su depuis qu'il s'était fait tuer en duel.

L'amour fait des miracles, même chez les Lolottes. Vous avez lu, dans *Ceci n'est pas un conte*, l'admirable histoire de mademoiselle de la Chaux apprenant le grec et l'hébreu afin d'aider Gardeil, l'amant qu'elle adorait, dans ses travaux pour le duc d'Hérouville.

Pomponnette a donné la seconde édition de ce touchant dévouement, que je croyais sans exemple; — édition singulièrement augmentée, puisqu'il s'agit ici de droit, étude deux fois aride pour une femme.

Eh bien ! Pomponnette étudia le droit et fit subir les *colles* du troisième examen à un jeune étudiant à qui elle voulait prouver une rare affection.— Je l'ai entendue soutenir des points de droit romain sans omettre aucun des termes latins.

LES REFRAINS DES LOLOTTES

De même qu'elle n'a qu'une demi-vertu, la Lolotte ne possède qu'un demi-état, fleuriste, corsetière, poseuse, souvent blanchisseuse et quelquefois brocheuse; elle exerce une de ces mille professions riches en mortes saisons. Le temps qu'elle n'emploie pas à travailler—et la marge est élastique — elle le passe à danser, à grignoter et à chanter.

Chanter surtout!... car l'on chante aussi bien pour oublier que pour se distraire.

Le Parisien, né malin, a imaginé le langage *à queues*... La Lolotte apporte dans ce genre la perfection féminine... Cette perfection consiste à ne pas dire un seul mot sans trouver le moyen d'y rattacher le motif d'un refrain connu.

Par exemple, vous dites à Flora qu'Adèle ne tardera pas à avoir un cache*mire*...
Flora chante immédiatement :

Mire dans mon œil ton œil...

Ainsi de suite ; de sorte que vous pouvez

avoir passé en revue, au bout de la journée, une bonne partie de la *Clef du caveau.*

Le répertoire de la Lolotte, se compose de trois ou quatre chansons de fonds ; ce sont les traditions du quartier. Il y a d'abord les *Cœurs de Boufflers,* puis, *le Veau de la mèr' Giraud,* et enfin, *le Vieux Quartier Latin,* qui se chante sur l'air de *T'en souviens-tu ?*

Je ne dirai rien de ces deux chansons : le *Veau* (qui n'a jamais été imprimé), et le *Vieux Quartier,* qui a été si souvent pastiché et estropié... Je ne veux rien en dire, et la bonne raison... c'est que j'en suis l'auteur. — Quant au *Veau de la mèr' Giraud,* Schann m'a aidé pour un couplet.

Il est surtout un couplet du *Vieux Quartier* que la Lolotte ne peut s'empêcher de dire avec attendrissement, car il lui représente l'avenir et il est parfaitement *en situation.* — C'est celui-ci :

O ma Sophie, au fond de ta province,
En tricotant, le soir, loin du Prado,
N'entends-tu pas comme un démon qui grince
A ton oreille un air de Pilodo ?...
Au souvenir du quartier, pauvre fille,
L'aiguille échappe à ta tremblante main...
Ton cœur s'émeut !... Va, reprends ton aiguille,
Car il n'est plus, ton vieux quartier latin !...

Un couplet des plus significatifs voue aux dieux infernaux la Lolotte qui a passé l'eau pour se faire lorette. On n'a pas assez de dé-

dain contre elle. Il se termine par ce ver
expressif :

Ah ! qu'un fichu t'allait bien mieux qu'un châle !

Cette coquetterie philosophique m'a ét
inspirée par ces gens qui font, comme on
dit, de nécessité vertu, et qui, faute d'uu
appartement confortable, chantent à tue-
tête :

Dans un grenier qu'on est bien à vingt ans !

LE PARC AUX LOLOTTES

Le triomphe de la Lolotte, son rêve et son plaisir, c'est le bal Bullier, autrement dit la *Closerie des Lilas.*

C'est là qu'elle se retrouve avec ses pareilles, qui deviennent en même temps ses rivales.

La destinée de certains endroits est parfois aussi bizarre que celle de certains individus.

L'emplacement où se trouve aujourd'hui le jardin Bullier formait, au quinzième siècle, l'enceinte d'un clos habité par des Chartreux et qu'on appelait, à cause de cela, le *clos des Chartreux.*

Ces moines menaient joyeuse vie et faisaient une terrible bombance. Il en est question dans les poésies de François Villon, qui était admis, par exception, dans leurs plaisirs, avec quelques autres étudiants.

Ils dormaient le jour et buvaient la nuit. Aussi les Chartreux avaient-ils imaginé, dans le but d'être plus libres et d'écarter les bourgeois, de se déguiser en diables, à la tombée de la nuit, et de traîner des chaînes sur tous les chemins qui aboutissaient à leur clos. Les bourgeois, effrayés, n'osaient plus en approcher ; d'où le nom de *rue d'Enfer* donné à la rue qui y conduisait.

Après 1830, Carnaud, le chef d'orchestre, ouvrit en cet endroit un bal qu'il appela la *Chartreuse* et qui fit longtemps concurrence à la *Chaumière*.

La salle de bal était une vaste rotonde ouverte de tous côtés sur un jardin et entouré de ceps de vigne.

Tous les ans, à la fin de septembre, Carnaud donnait aux habitués de son bal une grande fête qu'on appelait la *fête des Vendanges*.

Bullier, par une chance inexplicable, est arrivé avec moins de frais à la vogue, au succès et à la fortune.

Aujourd'hui, les Chartreux ont fait place aux étudiants, et les ribaudes aux Lolottes.

La reine de la Closerie, chorégraphiquement parlant, était, il y a peu de temps encore, une Lolotte ayant nom Léontine *Tape-à-l'œil*, ainsi baptisée parce qu'elle a un œil à demi fermé, ce qui donne une grâce toute particulière à sa physionomie.

Léontine avait inventé une sorte de pyrotechnie des jambes pleine de désinvolture, d'enjouement, qui attirait, chaque soir de bal, une nombreuse galerie autour d'elle.

Dans la saison d'hiver, c'était au Prado qu'elle régnait. — Un de ses fanatiques lui décocha le *sixain* suivant, qui est resté célèbre :

Reconnaissant en toi la reine du Prado,
Pour mieux te voir, l'Amour a jeté son bandeau.
Il se meurt de dépit, à tes pieds il expire ;
Et, volant sur tes pas, plus d'un cœur qui soupire
Espère, en se mirant dans ton œil demi-clos,
Le bonheur qu'autrefois *donnait* Ninon-Lenclos.

A quoi Léontine *Tape-à l'œil* a répondu par ce mot à la Cambronne :

La Lolotte meurt et ne se *vend* pas.

Ce qui reste aujourd'hui de Lolottes tend à *s'extravaser* dans les bals du nouveau Paris. J'en ai retrouvé aux soirées musicales et dansantes du mercredi, chez Constant, dans le magnifique Eden des *Mille-Colonnes*, ce splendide établissement qui a été restauré avec un luxe vraiment féerique.

Allez, un mercredi, au rendez-vous de l'ancien Montparnasse, et vous m'en direz des nouvelles !

LES MÈRES LOLOTTES

La mère Lolotte est, par rapport à la Lolotte en exercice, ce qu'on appelle, en terme d'argot, *un cheval de retour*.

Sophie Ponton est la doyenne des mères Lolottes. Sa vie est toute une légende. Elle tient aujourd'hui un établissement de lingerie pour les jeunes mariées.

Quelle prédestination dans ce nom : Ponton ! — qui dit *Ponton* (ouvrez le dictionnaire) dit vaisseau rasé, corvette démâtée.

La plus vieille en date, après elle, est Lucile la Parisienne, qui ressemble à un pierrot marqué de la petite vérole. Elle a composé elle-même son épitaphe, remarquable par l'absence de prosodie :

> Quand Lucile mourra,
> Sur sa tombe on mettra :
> « Etudiants, portez l'deuil,
> « Lucile a tourné d'l'œil. »

Lucile, qui était légèrement grêlée, ce qui lui donnait je ne sais quel piquant, avait une théorie particulière sur cet inconvénient : elle prétendait que la petite vérole n'attaquait que les femmes qui avaient la peau fine.

La plus originale de toutes les mères Lolottes est, sans contredit, celle à qui son exquise beauté mérita le surnom de *Fornarina* et, par contraction, *Fornari*.

Fornari est actuellement à Londres, où elle commande le clan des vieilles Lolottes françaises en retraite, estimées fort, à ce qu'il paraît, par les lords qui fréquentent les clubs de *Waterloo-Place*.

Grâce à Fornari, les Françaises règnent et triomphent en cet endroit, qui n'était occupé naguère que par des Anglaises.

Fornari, l'ex-reine des Lolottes du pays latin, a passé sa vie à *passer l'eau*. Aussi a-t-elle fini par passer le détroit. Elle dit qu'il ne lui reste plus qu'à passer l'Achéron dans la barque à Caron, à qui elle laissera sa beauté en guise d'obole.

La monomanie de Fornari est de se croire toujours sur la rive gauche. A Londres même, elle chante aux lords qui comprennent le français son couplet favori :

> Moi, mes amis, je veux rester grisette,
> Je veux rester dans le quartier latin ;
> Cela vaut mieux que de finir lorette
> En désertant dans le quartier d'Antin.
> L'indienne ici vaut mieux que le satin !
> Le vrai plaisir redoute la débauche ;
> L'éclat toujours porte ombrage au bonheur :
> Voilà pourquoi j'aime la rive gauche...
> Le côté gauche est le côté du cœur.

Fornari a beau faire et beau dire ; elle a vécu et mourra Lolotte. La Lolotte se croit toujours la grisette : Elle n'en est que la copie en détrempe.

HÉLOISE PAVILLON

Une mère Lolotte disputait à Sophie son rang d'ancienneté : c'était Héloïse Pavillon, qui a acquis une célébrité presque européenne.

Pavillon était douée de cette saillie naturelle, de cette originalité qui n'a rien de commun avec l'esprit d'emprunt dont sont frottées par le procédé Ruolz nos *gandines* de 1861. Ces drôlesses glanent les mots perdus des apprentis de lettres ou les à-peu-près des vaudevillistes avec le même soin qu'elles mettent à soutirer de l'argent des niais pour meubler des chambres qu'elles louent à beaux deniers comptants. Elles se croient *réhabilitées* parce que l'avarice les a remises sur le chemin de la vertu, et qu'elles peuvent se dire *proprilliétaires.*—Où diable, encore une fois, dame Vertu, vas-tu te nicher !

Il n'y a que le véritable esprit qui ne compte pas avec lui-même... C'est là ce qui perdit Héloïse, dont la vie est un miracle perpétuel qui rappelle à chaque pas les prouesses des *bons gallans* d'autrefois.

L'anecdote suivante, que je garantis véridique, peut en donner une idée.

Les vacances étaient pour les Lolottes une véritable retraite de Moscou; on picorait, comme les oiseaux en temps de neige, où l'on pouvait.

Dans un de ces jours de famine, Pavillon séduit par sa belle humeur un entrepreneur, qui l'invite à venir chez lui pendant que sa femme est en voyage. Voici donc Héloïse bien et dûment installée dans le domicile conjugal. Héloïse n'était pas vénale, elle se contentait d'une partie de plaisir ou d'une hospitalité franchement offerte. Cette fois-là, sa toilette lui permettait de figurer dans le monde... des entrepreneurs; mais elle péchait, hélas! par un point essentiel... la chaussure!...

Héloïse avait bien remarqué, dans la chambre nuptiale dont on lui faisait les honneurs, les fins souliers de la dame de l'entrepreneur, souliers irréprochables dont le vernis bien luisant attestait la fraîcheur..... Terribles souliers, va!... Ils sont là sur une tablette, à portée du bras; il ne s'agit que de l'allonger... tentation de saint Crépin pour faire pendant à la tentation de saint Antoine!...

Enfin, un beau matin, matin qui suivit la

dernière nuit, nuit d'adieu, Héloïse se dit qu'elle ne pouvait pas décemment marcher sur les talons, et elle allongea le bras. Pendant que son camarade de lit avait le dos tourné, elle essaya les beaux souliers neufs, qui lui allaient comme un gant ; à leur place elle laissa les siens, qui la quittaient bien plus qu'elle ne les quittait ; puis, prenant congé de l'entrepreneur, elle ne put s'empêcher de dire en lui serrant la main, avec un soupir : « Les bons s'en vont, les méchants restent !... » Axiome philosophique auquel l'entrepreneur ne prit pas garde ; il n'en saisit vraiment la portée que trois jours après, quand sa femme, cherchant ses souliers et ne trouvant à leur place que des savates, se mit à jeter les hauts cris. Pourtant il ne parut pas comprendre encore...

Pauvre Héloïse, si brillante d'esprit et d'entrain ! Elle espérait atteindre à sa troisième jeunesse, comme Sophie Ponton, comme Clara Fontaine, mais elle était trop impressionnable pour arriver jusque-là. La nature, qui ne laisse pas impunément violer ses lois, prit sur elle-même une terrible revanche. Le plaisir désordonné use et tue à la longue ; plus l'organisation est fine et délicate, plns il l'émousse et l'atrophie. On lui demande chaque jour un aiguillon nouveau qui n'est souvent qu'un engin de destruction de plus. Sur cette pente fatale Héloïse se laissa entraîner; elle roula jusqu'à l'abîme de la folie. Elle est morte à la Salpêtrière, dans cet état d'embonpoint hideux qui caractérise les *gâteux*, dernier terme de l'aliénation mentale.

Les étudiants de première année ont achevé cette malheureuse en se faisant un jeu de lui chanter à tue-tête *«Pavillon!»* sur l'air des *Lampions*, chaque fois qu'elle paraissait dans un endroit public. Cette scie lamentable détermina une crise nerveuse et finit par détraquer son cerveau malade.

HISTOIRE

DE

CARMAGNOLE

A MM. R*** et B***, étudiants en médecine.

Messieurs et anciens amis,

Mon amour-propre vous doit une explica-
tion. Ces pages seules peuvent vous la donner. Je vous les livre comme elles ont été
écrites, au jour le jour, gaies ou tristes, par
le soleil ou par la pluie. Il est ennuyeux, à
la fin, de vous entendre répéter à tout propos : « C'est inouï !... A-t-on jamais vu des
choses comme ça ?... Un garçon qui ne rê-
vait que médecine, qui travaillait comme un
cheval et qui devait finir comme Dupuytren,
vouloir se faire aujourd'hui le chirurgien de
la société !... passer son temps à rêvasser,
sous prétexte qu'il n'y a plus rien à faire et
que le monde va se retourner comme un
gant !... Ah çà, quelle diable d'idée lui a

passé par la cervelle !... » — Assez d'interrogations et d'exclamations comme cela, messieurs. A force de vouloir y répondre, je me serais suicidé; et le temps des Werther, Antony et autres est passé. D'ailleurs ce sont des rôles trop fatigants et malsains. J'ai attendu que votre curiosité fût apaisée. Maintenant que votre attention est plus calme, je puis vous dire : Prenez ceci et lisez. Notre petite révolution a aussi son énigme; il ne tient qu'à vous d'en connaître le mot. Vous allez savoir par quelle bizarrerie du sort ou de... j'ai, ainsi que Davenière, pris en dégoût l'étude de la médécine. Puis, après, vous pourrez nous juger; mais de votre critique nous n'avons que faire. A quoi bon? La réalité peut se passer de ces choses-là. Je ne suis pas un romancier et n'ai plus que ce mot à vous dire : Ceci est de l'histoire, ceci est vrai.

Votre camarade d'autrefois,

Z.....

HISTOIRE

DE

CARMAGNOLE

I

Comment, cherchant les derniers étudiants, nous rencontrâmes la dernière grisette.

Quærimus novam civitatem.
(*Trad. lib.*) Cherchons l'ancien quartier latin.

Nous sortions de la Sorbonne. Là, curieux d'assister à un cours de théologie, nous avions pris plaisir à écouter un brave homme de professeur s'évertuant à prouver, deux heures durant, que David n'avait point commis de péché en dansant devant l'arche. Personne ne contrariait l'intrépide docteur sur ce point ; tant et si bien qu'il s'acharnait à se poser à lui-même des objections pour se donner ensuite la corvée de les détruire de fond en comble. Rien de hautement comique comme cet impayable casuiste jaloux d'innocenter le rigodon que le feu roi s'était permis probablement dans un moment de goguette. — Cette pyramidale facétie nous donna l'idée d'aller au bal.

Nous étions trois; et, à nous trois, nous avions à peine soixante-dix ans.

C'était d'abord un gros réjoui, descendant de l'illustre famille des Monte-Mayor, qui a mis dans sa poche ses titres de noblesse et qui a mieux aimé rester ce qu'il est, un garçon de cœur et d'intelligence;

Puis, un étudiant de vingt-deux ans, élève de Magendie, qui prétend que l'estomac n'est qu'une cornue et la physiologie une mystification;

Enfin, votre serviteur, mince folliculaire, qui aurait pu être quelque chose, s'il avait eu l'épine dorsale plus flexible et, comme disent les gens graves, *plus de plomb dans la tête.*

Donc, nous médisions à qui mieux mieux de nos concitoyens du quartier latin, et, pleurant sa décadence, nous cherchions quelque diversion à nos discours de pessimistes dans les allées ombreuses du Luxembourg, quand nos pas furent attirés par les accents entraînants de l'orchestre de la *Grande-Chartreuse.*

Vous avez connu de réputation, sans doute, ce jardin de la *Grande-Chartreuse*, ce bal décolleté, favori des étudiants de première année, vu l'exiguïté de leur bourse et le sans-façon qui régnait en ce lieu, où la télégraphie chorégraphique pouvait en toute liberté prendre ses ébats.

Nos cinquante centimes payés à la porte, nos fronts ne s'étaient point encore déridés. Bien au contraire, nos idées avaient pris une tournure philosophique, en raison contraire de la folle gaieté qui agitait frénétiquement toutes ces jambes et toutes ces têtes emportées dans la mesure cadencée du quadrille ou dans le tourbillon enivrant de la valse.

Réfugiés sur les gradins de l'orchestre, d'où nous dominions tout ce mouvement et tout ce bruit, nous devions ressembler pas mal aux Jonas d'une nouvelle Ninive.

Eh quoi! l'on danse ici sur des morts!... on se trémousse sur le sable rougi par le sang d'un martyr!... N'est-ce pas là, à dix pas, qu'ils ont fusillé le brave des braves?... Ney est peut-être tombé en saluant le nom de sa patrie à la même place où trébuche ce polkeur aviné...

Et puis, quelle physionomie a ce bal? quel caractère? Aucun. Un vrai tohu-bohu de collégiens échappés, de commis endimanchés qui règnent sur des cuisinières et des blanchisseuses. Où est la grisette d'autrefois, cette délicieuse création à jamais perdue, ce type tout parisien qui s'est effacé au contact des gros sous?... Où sont les étudiants du bon temps, les Laravinière, les de Montbarra, ces frères de 1832 qui se sont endormis pour toujours sur les dalles de Saint-Méry ; — de ce temps où il y avait un journal qui s'appelait *les Ecoles* et une bannière où se dessinait en lettres d'or la devise : Fraternité ; mais elle était gravée encore plus profondément dans les cœurs. Chez ceux-là le plaisir n'absorbait ni le sentiment ni la pensée, il les stimulait, au contraire ; ils avaient moins de bière dans les veines, mais plus d'enthousiasme sous la mamelle gauche.

En vérité, nous disions-nous, le dernier étudiant est mort avec la dernière grisette. Il faut bien en faire son deuil. Allons-nous désespérer pour cela ? Jamais! Aussi bien, puisque nous voulons de la couleur locale, le *De Profundis* n'est guère de saison. Amis, prenons à deux mains ce qu'il nous reste de courage, et en avant! Cherchons un étudiant, le véritable étudiant du *Latium* français, et cherchons-le comme Diogème cherchait son homme. Pour toute lanterne dans la bagarre, nous n'avions, Armand et moi, qu'un fier brûle-gueule d'un culot respectable. Mont-Meayor s'était permis l'aristocratique cigare de la Havane, que nous lui tolérions plutôt par égard pour son délicat estomac de Bourguignon que par un reste de respect pour son vain titre.

Après une demi-heure de recherches aussi stériles que si nous avions été en quête de la pierre philosophale, nous nous retrouvâmes nez à nez au rendez-vous que nous nous étions donné près de l'orchestre. Nos jérémiades allaient recommencer de plus belle, quand un *ah!* plus éloquent qu'un long discours, sortit en même temps de nos poitrines. — Ce que nous venions de voir, je vais essayer de vous le dire.

Détrompez-vous, — ce n'était pas un étudiant, le véritable étudiant...

Ce n'était pas la femme libre... Hélas! Malvina, l'épouse de Jérôme Paturot, a emporté avec elle ce rêve des saint-simoniens.

Ce n'était pas non plus la femme forte de Salomon...

Elle était trop svelte et trop légère pour que nous songeassions à la comparer au respectable mythe de l'auteur des *Proverbes*, ce rival de M. Théodore Leclerc.

Elle dansait, valsait, polkait avec cette grâce et cette désinvolture qui n'appartiennent qu'aux sylphes et aux almées, et encore ne connaissions-nous que par ouï-dire les sylphes et les almées. On l'inondait de fleurs;

les fleurs menaçaient de l'étouffer ; elle n'y prenait pas garde. Elle polkait sur les fleurs avec une fierté toute républicaine. Elle savait bien que le quartier latin en était à son Bas-Empire, et que cette foule turbulente, hétérogène, ne la comprenait pas. Aussi ses petits pieds, chaussés de fins brodequins noirs qui se moulaient à la naissance de la jambe sur un bas blanc tiré à quatre épingles, trépignaient et foulaient de préférence les couronnes de toutes couleurs dont on l'assiégeait. Une triple salve d'applaudissements partit de notre modeste rang. Nous étions ravis de la voir déchiqueter à belles dents ce diadème qu'on tenait à lui décerner et dont elle ne voulait pas. Elle n'avait à son corsage qu'un délicieux camélia du plus beau rubis. Elle dédaignait le prétentieux chapeau auquel aspirent tant d'ambitions féminines, et ne portait que le ravissant bonnet de Mimi Pinson, le bonnet à oreilles tombantes de Charlotte Corday. Sa robe à longue jupe était noire et dessinait à merveille la taille et les bras. Tout cela était d'une élégance et d'une simplicité à faire envie aux comtesses du faubourg Saint-Germain. Et pourtant les femmes ne l'enviaient point, la voyant si dédaigneuse de ces bagatelles que les femmes se disputent. Les hommes demandaient son nom. Les uns l'appelaient Caroline l'Italienne, les autres

Caroline de Sicile. Car elle réalisait le type parisien pur sang, et les Parisiennes, ce sont les Italiennes du Nord.

C'était bien là la dernière grisette... Nous l'avions trouvée enfin !...

Un polkiste plus audacieux que les autres s'était hasardé à lui poser sur la tête une couronne qu'Armand venait d'envoyer rouler dans la poussière. Un hourra général s'éleva contre nous; mais nous fûmes bien dédommagés quand Caroline se tourna de notre côté et nous envoya de la main un salut gracieux. — Nous étions compris...

Dès lors, tous ses faux courtisans virèrent de bord et lui auraient décerné une nouvelle ovation, si celle qui n'avait pas voulu être leur reine ne se fût recommandée à notre triumvirat.

Notre devoir était de l'arracher aux sollicitations importunes du peuple des polkeurs que nous comparions aux grenouilles qui demandent un roi. Seulement les polkeurs étaient plus exigeants que les citoyennes des marais, car ils demandaient autre chose qu'un soliveau.

A la flamme d'un punch, Caroline nous déclara qu'elle abdiquait sa royauté de la Grande-Chartreuse pour reprendre ses droits de simple femme et de citoyenne du quartier latin. — Comme il est d'usage que les rois déchus prennent un nom plus modeste, elle nous pria d'être ses parrains.

Caroline de Sicile s'appelait désormais Carmagnole !...

Ainsi donc, la reine Pomaré n'avait plus de rivale...

Et encore, la rivalité était-elle possible entre cette royauté bâtarde qui empruntait son nom à l'étranger et la fière citoyenne du quartier latin qui plaçait la liberté plus haut que la couronne ?...

Pomaré a conquis le sceptre aux acclamations, et après avoir ceint son front des lauriers de la Grande-Chaumière... L'ingrate ! elle a déserté son pays pour passer chez Mabille et oublier ceux par qui elle était reine... — Mais elle est trépassée... Paix à sa cendre !

Carmagnole est patriote de cœur comme de nom ; elle ne reconnaît d'autre pays que le quartier de la jeune France et du Panthéon...

Honneur à elle !

Tel fut le toast que nous portâmes à la santé de Carmagnole, qui nous serra la main en nous priant de l'inviter pour le lendemain à un déjeuner champêtre sur les hauteurs de Montmartre, où elle devait nous promulguer sa déclaration des droits de femme et de citoyenne.

Puis, elle nous fit prêter serment de fidélité sur le poignard ; nous jurâmes comme de vrais carbonari, avec cette différence que nous tînmes parole.

II

Sermon sur la montagne.

Notre déjeuner fut assaisonné par la folie et l'appétit. Carmagnole le présida avec un décorum que les gens à préjugés pourraient croire au-dessus de son sexe. Il y régna cette franche cordialité qui rend un banquet de pauvres plus somptueux qu'un festin de princes. Ce n'était pas ce ton régence des roués du calicot ou de nos gandins de 1861. La carte fut dressée impromptu. On ne cassa point les bouteilles, on ne jeta point par la fenêtre verres et assiettes ; mais on ne mangea pas le veau froid et la salade classiques.

Nous venions à peine de porter en chœur notre dernière santé : « Plus de tyrans ! A bas Pomaré ! Vive Carmagnole et la liberté ! » quand notre présidente nous supplia de laisser de côté les personnalités. Nous la fîmes songer à sa promesse de la veille : il s'agissait de sa profession de foi. Dans ce but, elle nous proposa une promenade aux alentours, et on répondit par un joyeux vivat à sa dernière motion : « Qui m'aime me suive ! »

Nous l'aurions suivie ainsi jusqu'au bout du monde...

Elle s'arrêta sur le point culminant des buttes Montmartre, à cet endroit même où Eugène Sue nous apprend que le Juif errant s'arrêta pour lancer sur Paris sa lamentable prophétie.

A l'horizon, de légers nuages voilaient à peine le soleil comme sous une gaze d'argent ; une faible brise flottait autour de nous, apportant avec elle le calme et l'inspiration. — Il n'en fallait pas tant pour animer nos esprits. — A nos pieds, la grande ville dressant au milieu d'une auréole de vapeurs bleues le sommet de ses dômes ; en face de nous, la demi-teinte d'un ciel qui avait à la fois, selon l'expression du *Télémaque*, la tranquillité d'un lac et la majesté de la tempête.

Carmagnole se laissa aller quelque temps à la contemplation de ce magnifique spectacle. On eût dit que cette belle page de la création était ouverte à son âme ; elle y fixa les yeux comme pour y lire et commença ainsi :

« Mes amis, — ce que vous cherchiez, vous l'avez rencontré en moi, comme j'ai rencontré en vous ce que je n'espérais plus, ce que je croyais à jamais perdu. Donc, nous ne nous devons autre chose qu'une amitié fraternelle ; et ce pacte sacré d'une alliance à toute épreuve, nous le jurâmes hier soir. Ma dernière illusion s'envolait avec ma dernière croyance, et je n'ai que vingt ans ! — Oui, mon âme de vingt ans aurait pu se briser, si un ange tutélaire, quand je n'attendais que l'ange de la mort, n'avait veillé sur moi. Et cette tourbe ivre, impuissante, qui m'entourait, si elle avait pu soupçonner ma souffrance, m'aurait encore, par manière de consolation, prodigué ce banal encens qui suffoque en éveillant le dégoût. Au lieu de me guérir, ils m'auraient encore plongée plus avant dans l'abîme du désespoir. J'étais venue chercher dans ce bal un refuge contre l'ennui ; hélas ! mes peines redevenaient plus cuisantes à ces sons magiques qui enivrent les sens et trompent la raison.

« Voilà toute notre consolation, à nous autres, condamnées aux larmes et au plaisir... — Grande et noble consolation ! — Voyez-la devant vous, l'insolente grande ville qui se pare chaque matin comme pour une fête... Maintenant que le soleil brille, elle tient recluse la foule toujours renouvelée de mes sœurs, les pauvres ouvrières... — car elles sont mes sœurs, ces belles jeunes filles qui sortent des bras de leurs mères, toutes fraîches de leurs baisers, pour aller tomber, sans que nul en prenne souci, dans ces bagnes de toute sorte où elles s'étiolent et s'abâtardissent, où elles perdent deux richesses, le travail et l'illusion, ces douces fleurs de leur printemps. Vienne

le soir, à l'heure où la grande ville s'illu-
mine des pâles clartés du gaz, et tous ces
égoïstes qui n'auraient pas donné le moindre morceau de pain à une pauvre enfant
tombée d'inanition, tous ces égoïstes n'ont
pas assez d'or et de diamants à lui offrir.
A elle les fêtes et les spectacles, à elle les
merveilles de l'art et du luxe...

« Vraiment ! nos lions ont une belle part !
— Quand nous nous sommes usées sous le
poids du jour et des veilles à produire votre
confortable, allez, messieurs, il ne vous
reste plus qu'à nous prendre notre âme.
C'est tout ce que valent vos victimes... Après
cela, vous êtes quittes pour les étouffer sous
les fleurs. — Oh ! oui, nous sommes bien
heureuses, nous autres, les reines-martyres
de vos voluptés, et nous pouvons le dire avec
plus de réalité que la Tisbé d'*Angelo*. On
nous applaudit au bal. «Que vous avez bien
« dansé la polka, madame ! » Les imbéciles !
Oui, on nous admire, on nous trouve belles,
on nous couvre de bouquets, mais le cœur
saigne dessous...

« Puis, nous n'avons pas plus tôt brillée,
qu'une ride s'est glissée sur notre visage
pendant l'orgie, et qu'elle a empoisonné la
joie du triomphe. Déception ! ce nom dont
nous étions si fières, on ne le prononce plus
qu'avec mépris et dérision. Adieu le bon-

heur ! adieu l'espérance ! elles sont à jamais déflorées, ces douces et naïves impressions qui, vierges, faisaient resplendir notre avenir à travers un prisme ? Il reste à leur place deux terribles réalités, misère et désespoir, en face desquelles la tombe nous sourit. Mais avant la tombe il y a l'hôpital, et, avant l'hôpital, quelque chose d'affreux qu'on m'a toujours caché. C'est un sombre mystère devant lequel j'ai vu pâlir une de mes compagnes devenue misérable et qui m'a dit adieu pour toujours, avec un courage de damnée, elle qui m'aimait tant !... »

Au souvenir de cette amie, Carmagnole versa quelques larmes et inclina son front, qu'elle redressa aussitôt avec une mâle fierté... Puis, elle continua :

«Oui, voilà ce que j'ai vu ! et je n'ai que vingt ans. J'ai compté les douleurs de mon sexe, et elles m'ont consternée. Dans les faciles triomphes du bal, j'ai vu tomber à mes pieds les couronnes et les guirlandes qui devaient m'enchaîner, j'ai supputé leur prix, et j'ai calculé tout ce qu'elles pouvaient donner de bonheur à tant d'infortunées qui manquent de cœur parce qu'elles manquent de pain. C'est à celles-là que je veux tendre la main en sœur et en amie, et dire, comme je le dis à vous, frères et amis : « Qui « m'aime me suive !... »

Carmagnole avait parlé, et son silence ne vint pas mettre un terme à notre ravissement. Nos yeux restaient attachés à cette frêle jeune femme si éloquente par le cœur.

Nous ouvrions la bouche pour la complimenter, quand elle nous dispensa de cette courtisanerie. Elle prit modestement le bras de l'un de nous, et nous l'accompagnâmes jusqu'à sa petite chambre, voisine de l'impasse des Feuillantines.

III

Silhouette biographique.

Carmagnole naquit, dans le carnaval de 1825, près du marché aux Fleurs. Sa mère, frêle et délicieuse créole, mourut en lui donnant le jour. Le moule qui produisait une si charmante créature devait se briser par un arrêt inexorable de la nature.

Son père vendait des bijoux. Carmagnole était, à trois ans, le joyau le plus précieux de sa boutique.

L'organisation tout artistique de cette pétulante enfant s'étant révélée de bonne heure, on ne tarda pas à la mettre au théâtre. Elle y développa les plus brillantes facultés et dépassa l'espoir que son talent avait donné.

Que n'y est-elle restée, hélas! — Qui le regrettera plus que nous qui l'avons encouragée dans ses débuts et qui souriions à ses succès de tous les jours. Qui ne se souvient de sa verve, de son entrain, de ses piquantes saillies dans les rôles de Déjazet, qui lui allaient à ravir ?... La grande artiste, qui la remarqua par hasard, en fut elle-même émerveillée. Elle sentit vibrer en elle une fibre sympathique pour cette comédienne de seize ans, si riche d'avenir, et voulut la couvrir de son renom. Mais la structure nerveuse de Carmagnole, délicate et impressionnable comme la sensitive, sa santé languissante, ne lui permirent pas de poursuivre la carrière dramatique qui s'annonçait si bien pour elle et qu'elle aimait de passion.

Carmagnole était fêtée et choyée au théâtre comme Vertvert, le perroquet des Visitandines. Elle était la reine des coulisses et l'enfant gâté du foyer. C'était à qui la comblerait de chatteries et de bouquets. On lui prodiguait force caresses, mais on la respectait comme une sœur. Qui pouvait songer à venir troubler l'innocente gaieté de ce gentil minois enfantin, si souriant et si heureux de son innocence ?

Pourtant Carmagnole avait un cœur tout comme une autre, et même meilleur qu'aucun autre. A l'insouciance du premier âge devait succéder, chez elle, ce sentiment intime et profond qui s'épanouit aux brises du printemps.

Et pourtant cette jeune âme dut être — comme toute âme humaine — cruellement brisée dans ce qu'elle avait de plus cher...

elle qui avait si bien mérité d'une voix amie le doux nom de *Consuelo*...

Et celle qui consolait si bien les autres était devenue tout à coup inconsolable. Carmagnole portait en elle-même un inexprimable chagrin, qu'elle concentrait pour ne pas affliger ses amis. Comme si elle ne devait plus compter sur les affections humaines, la pauvre enfant s'était mise à aimer de passion les fleurs. Elle avait tout un jardin sur son balcon de la rue de la Harpe, dans une maison qui appartenait, je crois, à George Sand.

On la voyait matin et soir, à toute heure du jour, auprès de ses chères petites fleurs, qui semblaient dresser vers elle leurs corolles parfumées, comme pour la remercier de ses soins. — Nous pourrions dire combien elle a fumé là de cigarettes, et il n'y avait qu'elle pour les confectionner avec cette dextérité tout espagnole...

On raconte qu'un pâle et blond journaliste s'éprit éperdument d'elle un jour. Sa passion continua *crescendo* nonobstant un éloignement; mais Carmagnole, à force de ménagements et d'amitié, sut adoucir la peine de ce jeune fou, qui prit son mal en patience. Ainsi Hypathia la philosophe avait guéri, au son de la musique, un jeune Grec de ses élèves qui se mourait d'amour pour elle.

Vous savez comment Carmagnole quitta le bal pour suivre ses amis. Avant de vous dire comment elle quitta le théâtre pour le bal, laissez-moi fumer cette cigarette qu'elle parfait à mon intention... et j'essayerai de la *croquer* à travers les vapeurs *tabagiques*.

IV

Portrait à la plume.

Pour vous peindre, rien qu'en croquis, le portrait de Carmagnole, il me faudrait une palette et des pinceaux, et je n'ai devant moi qu'une plume sur une écritoire.

O cigarette, inspire-moi ! — car j'ai bien peur de ne laisser, au lieu d'un fidèle croquis, qu'un signalement bon tout au plus pour un gendarme.

Je ne m'appelle pas le Titien, et pourtant je rêve une peinture vénitienne. Oui, c'est bien là, pour le coloris, ce ton chaud et décidé qui a emprunté son divin hâle au soleil du Midi. Pour le dessin, une finesse de trait tellement arrêtée et à la fois si imperceptible, qu'on se demande si c'est par la grâce du ciel ou de l'enfer que le génie parvient à allier dans une telle harmonie la poésie de la couleur et de la lumière avec la sécheresse de la ligne. — O Titien ! ô grand maître ! c'est ainsi que je te définis avec la gaucherie de l'enfant qui bégaye et dont le soleil blesse les yeux. Mais pardonne ses blasphèmes à un misérable barbouilleur de papier.

Imaginez une gracieuse tête d'enfant mutin d'où se détache l'ondoyante chevelure de la Madeleine ; le châtain foncé de ses boucles, dans les endroits que frappe l'ombre, joue à l'œil la nuance du jais. Délicieux repoussoir d'un front plein de pâleur et de fierté, — aux tempes dégagées, — et sur lequel se découpent finement les arcades sourcilières. Deux beaux yeux à la Montmorency, tantôt grands et vifs, tantôt à demi voilés par des paupières aux longs cils. On ne résiste pas à l'attrait d'un pareil regard, surtout quand il lance des éclairs sur une physionomie pleine de mouvement.

Ajoutez à cela un nez mignon, petit et droit comme celui de Sapho ; une bouche pleine de résolution, les lèvres assez accentuées, comme appelant les baisers ; et vous aurez à peu près une idée de la figure de Carmagnole.

Voilà pour le portrait. — Quant à en faire une académie, il n'est pas difficile. Carmagnole est plutôt grande que petite. Sa taille de guêpe est svelte et cambrée comme la taille de ces créoles, vierges du corset, à la démarche de déesse. Son col un peu long lui fait porter la tête haute, ce qui ne messied pas à sa pimpante allure. Le galbe de la jambe est peut-être grêle, mais le pied est petit et délicat,

Carmagnole est mieux qu'une agréable et jolie personne : avec la beauté, elle possède beaucoup de *brio* et un peu de cœur. — Elle a le courage et l'intrépidité d'une amazone.

Beaucoup de femmes n'ont que l'esprit qu'on leur donne ; Carmagnole donne l'esprit qu'elle a.

V

Embarras d'auteur.

Fatalité! voici que des hauteurs épiques il nous faut descendre dans le domaine de la froide réalité.

L'amateur de points de vue revenant à la plaine par les pentes du glacier d'où il a découvert un magique panorama, et subissant l'effet d'un brusque changement de climature, n'est pas plus déconcerté que moi.

Et pourquoi, s'il vous plaît, cette naïve désolation ?...

Il y a, dans ma réponse, toute une exposition. — Aussi permettez-moi de vous émettre ici, en manière de préface, les raisons trop évidentes de mon embarras.

C'est que, peignant sur nature, je venais d'écrire ces premières pages... Dix ans s'étaient écoulés quand, les retrouvant parmi des manuscrits, je m'écriai comme Napoléon à Sainte-Hélène : « C'est de l'histoire ! » Car, moi aussi, j'étais dans l'exil, et je trouvais dans mon cœur une solitude pleine de mélancolie. Je résolus de tremper ma plume dans ces larmes muettes et de compléter cette histoire qui est vraiment un des épisodes les plus étranges du cœur, quand tout à coup le sujet changea avec mon héroïne. Je suivais de trop près des faits contemporains. J'étais violemment frappé de cet axiome : Les extrêmes se touchent ; et pour m'être heurté avec trop d'impatience à la réalité, je retombais dans l'incroyable, qui, au fond, était la vérité, mais sous un aspect trop saisissant.

Il vous est arrivé peut-être de remarquer dans nos jardins cette étrange petite plante d'une ténuité de dessin incomparable, d'une variété de couleurs et de nuances que l'œil ne peut fixer. La tige et les branches sont à la fois si grêles et si lisses que la lumière en s'y reflétant miroite et leur enlève toute proportion ; à tel point que le regard s'y perd et ne peut rien retenir de ce bizarre assemblage de tons roses, pourpres et lilas semés de petits points blancs. Cette fleur est en même temps palpable au toucher et échappe à la perspective. C'est un problème vivant, un caprice de la végétation et du soleil. Elle ne se montre ni ne se dérobe à l'œil du passant ; il l'aperçoit par hasard. — On la nomme l'*Embarras du peintre*. — La peindre ne serait pas cependant une œuvre de génie ; avec un peu de patience on en viendrait à bout.

Voilà exactement pour moi l'emblème de

cette existence dont je cherche à retracer les traits fugitifs... Je l'ai retrouvée dans une ffeur; après en avoir savouré l'odeur, il ne m'en reste plus entre les doigts qu'une plante d'herbier bonne, comme remède, pour un apothicaire. — Je voulais chanter, et il me faut raconter; et au lieu d'une biographie parfumée il tombera de ma plume un roman au jour le jour, que peut-être vous trouverez vulgaire, parce qu'il est trop *réaliste*, comme on dit aujourd'hui.

C'est qu'il est beaucoup d'existences, et surtout d'existences de femmes, qui ne trouvent point place en ce monde, quoique leur nom en ait trouvé une sur le registre de l'état civil.

Pauvres sensitives, nées pour l'oasis, étouffant dans le sable, emportées après l'orage par le ruisseau bourbeux. Frêles corolles, épuisant leur séve à aspirer un rayon de bonheur éphémère, lui souriant un jour, et s'étiolant après cela pour jamais.

Pour celles-là, l'amour est un poison : il est nécessaire que leur cœur se suicide, sous peine d'endurer d'infernales tortures. Il ne faut pas que cette passion de l'idéal que les femmes portent en elles élève ces parias au-dessus de la sphère d'où le monde les tire par caprice, pour en faire sa joie d'un moment; sans quoi, si elles se prennent à *ai-*

mer au-dessus d'elles, comme on dit, elles retomberont de la hauteur de leurs rêves dans l'abîme.

Inscrivons une fois entre toutes, comme sur un martyrologe, le nom d'un de ces anges déchus, filles d'Ève, dont le malheur semble l'héritage .. Chutes obscures, éloquentes pourtant, et qui retentiraient horriblement au cœur d'une mère, s'il y avait une famille pour les déshérités.

Constatons les faits avec la ponctualité et le rigorisme d'un greffier, — sans transition, mais non sans intérêt.

Il n'est point de transition, d'ailleurs, dans ces existences brisées dont l'amour et le malheur ont fait deux parts qu'on entrevoit aux deux bouts de l'optique : l'une qu'on regarde par le prisme rose, l'autre par le prisme noir.

Ceci est une enquête sur le vif, un de ces romans comme on en fait tous les jours à côté de vous autrement qu'avec la plume.

VI

La chambre ardente.

Il y avait sur la petite rue de l'Hirondelle, parallèle à la place Saint-André-des-Arts, une vaste chambre au bord des toits, nue froide comme une Thébaïde.

C'était là qu'habitait, dans l'hiver de 1846, un étudiant en chimie.

Le jour arrivait triste et grisâtre par une seule fenêtre dont la largeur démesurée semblait compenser le peu de hauteur. Elle n'en payait pas moins sa part de contributions. Cette chambre prenait le soir un singulier aspect, dont le bizarre touchait un peu au fantastique. Le papier gris à fleurs bleues, décor obligé de toutes les mansardes du quartier latin, s'effaçait dans l'ombre. On ne voyait de la commode de noyer, surmontée de la cuvette et du pot à l'eau, que les têtes grimaçantes de ces lions que l'on voit partout retenant dans leurs gueules des anneaux de cuivre qui servent à amener à soi les tiroirs. Le lit, également de noyer, était caché dans l'enfoncement de l'alcôve par des rideaux de calicot blanc.

Au milieu, une grande table ronde surchargée de cornues et d'appareils de toute sorte, où venaient se jouer les reflets de la lumière. Il fallait que la main prévoyante de la portière les sevrât chaque matin de leur poussière pour qu'on ne s'aperçût pas que leur propriétaire était livré à d'autres préoccupations que celles de la science. Une de ces cornues cependant, une seule entre toutes, témoignait que l'étudiant en chimie bornait sa spécialité à analyser plusieurs fois par jour les dives propriétés de la liqueur chérie de Voltaire, adorée de tous les hommes d'intelligence et des quelques millions d'âmes que la France comporte.

Quand il avait bien savouré la quintessence de ce nectar du nouveau monde, comme dirait feu M. Delille, Armand s'étendait dans son bon vieux fauteuil de velours jaune, les pieds appuyés sur un poêle qui ronflait joyeusement, et aspirait les parfums de la pipe avec la volupté d'un Tityre couché à l'ombre d'un hêtre... et encore l'exercice des pipeaux champêtres remplaçait celui de la pipe dans la flânerie de Tityre.

Armand poursuivait fort avant dans la nuit le cours de ses savantes et laborieuses méditations.

Or, il arrivait un moment où la pensée s'envolait à toute vapeur dans cette chambre remplie de nuages de fumée qui se croisaient en tous sens, et où on atteignait sans effort aux hallucinations échevelées d'Hoffmann et aux visions diaboliques de Callot et de Goa. — Pourtant, ce local n'avait point encore mérité le nom pittoresque qui forme le titre de ce chapitre.

Je ne sais trop comment cela se fit, mais il arriva que la Thébaïde de notre étudiant se peupla insensiblement de bons garçons, francs amis et charmants causeurs. Nous avions là, tous les soirs, notre cercle brillant de jeunesse et de folle gaieté. Les questions à l'ordre du jour étaient mises sur le tapis, arts, littérature, politique. Nous parlions à cœur ouvert de nos feuilletons refusés et de nos maîtresses infidèles. Nous démolissions quotidiennement le gouvernement constitutionnel, et nous arrangions à notre guise des États-Unis en Europe. — Notre cercle pouvait être réputé à bon droit le club des pipes culottées ; mais comme on y causait un peu de tout, avec beaucoup de chaleur, et que le degré de l'atmosphère était en harmonie avec la température non moins brûlante de nos têtes, la chambre fut baptisée du nom de *Chambre ardente*.

Dans cette réunion de fidèles, on remarquait un jeune homme moins assidu que nous autres. C'était un ancien camarade d'Armand. Nous ne le connaissions que de figure, pour l'avoir vu partout où va la jeunesse dans un but d'amusement. Il parlait peu, ne se mêlait à la conversation qu'avec une précaution et une aménité infinies, et demeurait toujours de l'avis général. Il s'appelait Carl Mohr. Nous attribuions sa réserve à une grande bonté d'âme, et mettions sa longanimité sur le compte de sa nature allemande.

L'un de nous observa que depuis plusieurs jours il était devenu plus taciturne et plus rêveur ; il semblait absorbé par quelque chagrin qui le dévorait. Armand, qui souffrait visiblement de la préoccupation de son ami, se promit de l'interroger. Il lui donna donc rendez-vous pour le lendemain avant l'heure de notre arrivée. Mohr s'y trouva.

Armand essaya tout d'abord de rompre la glace :

— Que t'est-il donc arrivé, mon pauvre Carl ?... Toi, le boute-en-train du collége de Strasbourg, te voilà sombre et morose comme une âme en peine !... Toi qui n'aspirais qu'après la vie parisienne, rêvant punchs flamboyants et bacchantes échevelées, tu mets à peine le pied dans la capitale, et te voilà d'une humeur germanique. On dirait que tu as fait une indigestion de choucroute. Ta tristesse pourrait déteindre sur notre sérénité, et ce serait dommage... Voyons, parle !... Des peines de cœur? un cauchemar qui te poursuit? Confie-moi tes chagrins.

— L'un et l'autre, Armand. Depuis deux mois je ne vis plus ; je passe à l'état végétal : je pousse des ongles et des cheveux, mais pas une seule idée. Un songe-creux perpétuel a remplacé dans ma tête la faculté de penser, et je suis arrivé à ce marasme intellectuel qui est le premier degré de l'abrutissement ; j'y suis arrivé à bout de désirs ardents, effrénés, qui n'ont pour toute satisfaction qu'une étude aride et insupportable. On veut faire de moi une espèce de *compendium* ambulant, bourré de formules, de législation et d'axiomes de droit. Mon père, chargé d'une mission par la cour de Berlin, court du matin au soir les ambassades. Avant de sortir, il vient m'enfermer dans ma chambre en me recommandant avec une désespérante persistance d'étudier mes livres de droit. C'est un parti pris depuis une certaine fois que je suis rentré après minuit et qu'on est venu lui réclamer une vingtaine de francs pour une dette criarde. Une bonne, aussi incorruptible qu'elle est laide et vieille, m'apporte deux fois par jour mes repas, c'est à peine s'il me reste un instant le soir pour accourir chez toi, et encore faut-il que je sois rentré dans ma chambre avant dix heures. Comprends-tu un pareil esclavage ?...

Mon père s'obstine à ne pas vouloir lâcher les cordons de la bourse; il me laisse sans un sou. Et cependant, il a obtenu pour moi, du cabinet prussien, une pension qui ne me reviendra, il est vrai, qu'à ma majorité, mais dont il touche la rente. En vérité, je suis plus malheureux qu'un petit clerc d'huissier. — Oh! vois-tu, Armand, cette tyrannie me pèse! elle me jettera dans une voie où mon avenir restera engagé... Que j'aie donc un jour de cette liberté dont tu ne cherches pas à abuser, et de l'or dans mon gousset, et tu verras si je comprends la vie!... J'ai soif de grand air comme le prisonnier qui aspire le soleil à travers la grille du cachot. Tout cela m'a bouleversé au point qué tu ne me reconnais plus, et que tous tes amis me prennent pour un cœur de mollusque, une tête carrée, que sais-je?... une nature germanique, comme ils disent. — Ce qui me manque pourtant, c'est l'air vif et réjouissant de ces bals où ils courent; j'ai besoin de le respirer à pleins poumons. Si je leur disais cela, ils ne me croiraient pas, tant je suis disparu sous cette couche d'inertie. Ce qu'il me faut, à moi, c'est cette bonne et franche vie du quartier latin, si pleine de mouvement et de bruit, de jeunesse et de séve!... Oh! mon père a beau faire, j'ai vingt ans, et je veux ma liberté d'homme.

Mohr prononça ces derniers mots avec

le ton d'emportement et d'âpreté du joueur qui n'a point vu de longtemps le tapis vert, et qui risque d'un seul coup une fortune pour se refaire la main et se dédommager du temps perdu.

Armand fut un peu effrayé de ce mouvement, car il venait de reconnaître Mohr tout entier. Il avait lu au fond de son cœur à la lueur de ces éclairs de passion qui le sillonnaient en le brûlant.

—Carl, prends garde, lui dit-il; je te parle en véritable ami; je ne fais point de phrases: tu as le pied au bord d'un abîme; je te le dis parce que je te connais. Cette sujétion est insoutenable, j'en conviens; mais il ne tient qu'à toi de la faire cesser, sans éclat, sans secousse. Fais entendre raison à ton père.

—Impossible! objecta Mohr en fils convaincu.

—Sans doute, si tu t'emportes au point de lui répéter la belle tirade que tu viens de me débiter. Il n'en faut pas tant pour endurcir la fibre paternelle. Mais si, prenant une attitude sérieuse et réfléchie, tu lui exposes ta ferme intention d'étudier, seulement que tu as besoin de quelque distraction... Ton père n'est-il pas diplomate? Sois calme et mesuré. La diplomatie s'accommode toujours d'une froide circonspection.

— Impossible ! te dis-je, interrompit Mohr. Mon père me traite comme un enfant, il me séquestre, je suis dévoré d'ennui... Eh bien ! je quitterai la maison ; j'y suis décidé, quoique je n'aie aucune ressource. Ce n'est pas acheter la liberté trop cher que de la payer au prix de la misère.

— Oui ; mais la liberté avec la misère, c'est encore l'esclavage.

— Eh bien ! cette misère, je la braverai. N'ai-je point ma volonté ? En travaillant, je me créerai des ressources suffisantes, je saurai me passer des secours de ma famille, qui ressemblent trop à une aumône. Je ferai, enfin, comme tant d'autres jeunes gens sans fortune...

— Que feras-tu ? que sais-tu faire ? demanda Armand.

La simplicité de cette question embarrassa certainement Mohr ; il eut besoin de réfléchir pour y répondre.

— A vrai dire, reprit-il, je ne sais trop à quoi servent les années qu'on passe dans l'université... Un diplôme de bachelier est un passe-port valable sur la route de la fortune, si l'on escompte son avenir à beaux deniers comptants et à l'aide de protections de famille. Au fait, j'y pense à propos ; je n'ai pour toute monnaie courante que la somme de connaissances d'un collégien émancipé, et, en me séparant de ma famille, j'aurai beau courir les protecteurs, toutes les portes me resteront fermées...

— Excepté celle de l'amitié, dit Armand en lui tendant la main. Ecoute, Carl, mes parents m'accordent cent cinquante francs par mois. Avec mes goûts peu dispendieux, c'est plus qu'il n'en faut pour vivre seul ; donc, tu partageras ma modeste fortune. Heur et malheur nous seront communs. Il y a toujours moyen de se consoler.

— Et tu t'entends merveilleusement à consoler les autres, reprit Mohr d'une voix pénétrée, et mieux encore à les obliger. Ton bon cœur sait toujours trancher les difficultés, quand il s'agit des tiens. Je sais ce que vaut ton amitié, Armand ; je n'oublierai jamais combien tu t'es montré généreux, ce jour où, sacristain de contrebande, je dérobai huit sous dans le tronc de la chapelle pour acheter quelques gâteaux : innocent, tu te laissas accuser comme mon complice, toi avec qui j'avais *oublié* de partager les friandises qui provenaient de ce vol. Tu te laissas chasser honteusement du collége avec moi, lâche et égoïste, qui n'ouvris pas la bouche pour te disculper. Au lieu de me plaindre, pourquoi ne m'as-tu pas détesté ?... Je me souviens qu'après m'avoir embrassé, tu me quittas en pleurant. Oh ! vois-tu, Armand, ce trait de grandeur d'âme quand tu n'étais encore qu'enfant ne s'effacera jamais de mon souvenir. Parfois, il m'en est resté comme un remords mêlé d'admiration pour toi, et un culte éternel pour ton amitié.

— Carl, à quoi bon parler de ces choses qui n'en valent pas la peine ?... Pouvais-je songer à te reprocher un enfantillage ?... En t'attirant une rude leçon, il m'a servi à te prouver mon attachement. En bons camarades, de moitié dans nos peines et dans nos amusements, devions-nous renoncer à partager les punitions ?

— Oui; mais à toi la plus belle part ! — Et tu ne peux m'empêcher d'en être jaloux ; — à toi la part de la générosité, à moi le regret d'en avoir été indigne... Quand, au lieu de laisser peser sur toi la calomnie, je devais révéler à tous ta conduite sublime, tu me tends encore une main cordiale, et tu m'offres la moitié de ton pain...

— Assez, Mohr, te dis-je. On croirait vraiment, à t'entendre, que tu fais la courte échelle à un concurrent au prix Montyon, et qu'il y a de l'héroïsme à s'obliger entre amis. Je te fais une proposition ; tu l'agrées. Voilà qui est convenu. En tout ceci, le plaisir est pour moi. Je m'ennuyais, seul ; avec

toi le temps passera gaiement. N'est-ce pas
une bonne chose que l'existence à deux ?...
Seulement, nous tâcherons de ne pas aug-
menter notre cercle et de restreindre nos
fantaisies .. tu te contenteras de rêver sou-
pers Lucullus et houris décolletées.

— Ma pensée devrait appartenir à un seul
être, Armand ; et tu seras indulgent quand
tu sauras à quel point une femme se dé-
voue pour celui qu'elle aime.

Armand fit la grimace et regarda Mohr
avec un sourire d'incrédulité.

— Ne souris pas ainsi, reprit Mohr ; tu
ne sais pas que cette femme est mon bon
ange... Elle et toi, ce n'est pas votre faute si
vous ne m'avez pas rendu meilleur. Ce qui
m'a manqué par-dessus tout, c'est la tendresse d'une mère que j'ai perdue avant de
pouvoir la connaître. — Heureusement tu
étais là ; ton amitié a reverdi mon enfance
qui se desséchait. Car à seize ans je n'étais
déjà plus un enfant, un monde de fougueux
désirs s'agitait au dedans de moi. Les camarades de mon âge possédaient un calme
d'innocence qui déjà me fuyait. Ils se ra-
fraîchissaient au souffle de leur mère ; ils
avaient une mère pour les retenir ; tandis
que moi j'avais appris de bonne heure à
marcher seul. Je me sentais malheureux de
la différence qu'il y avait entre eux et moi.

L'orgueil me tint lieu de résignation ; et,
pour la première fois, j'éprouvai un lointain
pressentiment de la puissance du mal et un
secret plaisir, semblable à une vengeance
satisfaite, à en sonder la profondeur... Sans
elle et sans toi, j'aurais fait plus d'un faux
pas ; et si, avec l'aide d'un ange et d'un
frère, je me suis oublié au point de faillir,
n'en suis-je pas plus coupable?...

— Voyez-vous le grand criminel ! dit Armand avec ironie.

Mohr secoua la tête et devint pensif.

— A propos ! s'écria-t-il en sortant tout à
coup de sa rêverie, c'est aujourd'hui jeudi ;
il y a Prado... Elle doit s'y trouver, car elle
m'a fait prévenir ce matin... Pauvre enfant !
Je suis sûr qu'elle meurt d'impatience ; il
y a si longtemps que je ne l'ai vue !...

— Comme cela te prend ! Au fait, tant
mieux ! il ne faut qu'un rayon pour éclair-
cir le ciel, et cela prouve que les remords
ne t'étouffent pas. Mais sais-tu bien que ton
bon ange qui va au Prado me fait l'effet
d'un bel et bon diable?... Dis-moi donc, ton
ange gardien devrait bien commencer par
se garder lui-même.

— Il y a incompatibilité, n'est-ce pas ?...
Un ange qui polke et qui fume la cigarette !...
voilà qui sort du cercle des convenances ;

il y a là de quoi longtemps gloser entre
gens honnêtes et vertueux sur le compte de
ces *bonnes filles*, comme nous les appelons...
En vérité, elles sont bien indulgentes, car
elles préfèrent la fadeur de nos railleries à
celle de nos compliments, et leur dédain
vaut bien notre mépris. C'est là tout le secret du prix qu'ont pour nous leurs faveurs.
Et si parfois l'on s'oublie au point de descendre jusqu'à elles, tout aussitôt on reprend
un masque de roideur et de vertu. On se
dit : Le monde est là qui me regarde... — Tu
peux sourire, Armand, comme si j'étais un
enfant, mais tu m'entendras jusqu'au bout...
— Tu t'es demandé cent fois, je suis sûr, ce
que c'était qu'un bal et quel plaisir on y
pouvait goûter ?... Une cuve où l'on se
marche sur les pieds, à la pâle clarté de
lustres fumeux ; une cohue sans nom qui
se pousse, se mêle et s'entre-choque avec des
contorsions frénétiques, au bruit d'un orchestre braillant, haletant, qui poursuit sa
mesure et sa corvée avec l'impatience d'un
mercenaire ; tout cela jeté dans les tourbil-
lons d'une poussière âcre et irritante qui
vous brûle les poumons. Tel est le bal généralement pour ceux qui ne s'y amusent pas,
et en particulier pour le sergent de ville qui
y remplit un rôle forcé... — Pour bien comprendre la poésie du bal, il faut, à la nuit
tombante, s'y glisser avec l'âme impres-

sionnable d'une femme on d'un rêveur, et
se laisser emporter par cette vague harmonie qui saisit l'être de la tête aux pieds et,
vous berce délicieusement, au-dessus du
monde réel, comme dans un hamac de fée.
L'imagination délivrée de ses chaînes, cou-
ronnée d'illusions et non plus de soucis,
s'élance radieuse au sein de la fête et du
bruit, à la poursuite d'un songe vivant, feu
follet ailé qui court à travers les notes pres-
sées du quadrille et le balancement ondu-
leux de la valse. Chimère que tout cela ! je
le sais ; mais si ce n'est pas le bonheur, c'en
est quelquefois l'image. Crois-moi, on
éprouve un charme indicible à se laisser
ainsi emporter à la dérive, oublieux de
tout, comme dans un frêle esquif qu'un
torrent précipite entre deux ravins. Le cœur
a beau battre à tout rompre et le cerveau
faiblir sous le vertige, les pieds ne touchent
plus la terre ; le corps ne se sent plus assez
léger ; on se croit d'un autre monde. Le pa-
pillon a moins d'ardeur à voltiger à travers
la flamme qui va le dévorer... — Conçois-tu
maintenant l'action de ce prestige sur ces
femmes qui rêvent amour et bal toute la semaine et qui ne demandent qu'à se jeter
dans ce monde de triomphes, d'enivrement
et d'oubli ?...

— Décidément, Carl, tu es de la patrie
des nuages, et tu médites sur le bal un

poëme épique... Continue ; tu deviens sé-
duisant...

— Je voudrais te convaincre, et tu me bats
à froid. Je te dirai seulement que le poëme
dont tu m'accuses est en action, et je n'ai
qu'à le prendre sur le fait. Mon héroïne est
tout simplement ce *bon ange* dont tu ne ri-
rais plus si tu la connaissais autrement que
par mes paroles. C'est elle qui m'a veillé
dans les derniers jours que je traînais après
avoir dissipé en quelques heures ma pension
d'un mois. Depuis que je suis enfermé chez
mon père, elle n'a point laissé passer une
semaine sans s'informer de moi. Souvent je
me suis reproché de n'avoir point paré au
dénûment qui l'accable aujourd'hui. Eh
bien, j'ai su que, malgré ses privations, elle
avait encore trouvé moyen de venir en aide
à une de ses amies dont elle m'a souvent
parlé, Sarah, une femme d'une grande
beauté qui *posait* pour Delacroix. — Le peu
qui lui vient d'un travail opiniâtre et mal
rétribué—comme tous les travaux de femme,
— elle le donne à cette pauvre fille, qui est
devenue presque folle de chagrin. Pour la
distraire de ses idées noires, elle cherche à
lui procurer quelques sujets de diversion.
Pour son amie, elle se rend au bal, qui lui
est devenu insupportable depuis que nous
sommes séparés... Tu le vois, Armand, tes
préventions sont mal fondées, et si tu veux

juger les choses par toi-même, habille-toi et viens avec moi au Prado.

Armand parut fléchir devant l'insistance de son ami, et consentit à l'accompagner; mais arrivé à la place du Palais-de-Justice, il ne voulait plus entrer au bal. Mohr fit tant, qu'à la fin il le décida, et l'entraîna avec lui.

VII

Au prado.

Le Prado était encaissé dans l'un des endroits les plus pittoresques de Paris, entre le marché aux Fleurs et la place où l'on met au carcan.—Piquant assemblage de contras·tes! le palais du plaisir et du bal en face du palais de Justice et du palais des prisons (la Conciergerie); non loin du palais de la mort (la Morgue), et tout près du palais des églises (Notre-Dame). — On y entrait par un long couloir ou cloître qui aboutissait à un large escalier de pierre. L'entre-sol formait un estaminet-billard. Au-dessus se trouvait une immense salle de danse, quadrangulaire, avec un élégant orchestre. Vis-à-vis, une rotonde où se trémoussait habituellement l'élite de la cohorte quadrillante et polkante. Deux fausses portes de sortie débouchaient sur un café-salon où allaient boire et fumer ceux qui ne voulaient pas descendre à l'estaminet.

Le Prado ne couronnait son front des feux du gaz que pendant la saison d'hiver; il s'ouvrait après les grandes vacances pour ne fermer qu'après la mi-carême. L'été venu, il transportait en plein air, à la *Closerie des Lilas*, ses joyeux pénates chargés de la marotte et des légers grelots. — Pourquoi ne le dirions-nous pas?... Selon nous, le véritable Prado, c'était le marché aux Fleurs, où l'on se rencontrait sans se chercher ; cette promenade, où les divines senteurs des plantes vous embaumaient la tête et le cœur... — On le remplace en ce moment par de grosses pierres de taille qui seront bientôt le tribunal de commerce!... La pierre de taille est à la civilisation ce que l'habit noir est au civilisé : elle le rend sérieux, c'est-à-dire ennuyeux et ennuyé... — Mais revenons à notre sujet.

C'était donc aux beaux jours du Prado. Les magiques accents de *Rosita*, au rhythme souple et cadencé comme une Andalouse qui danse aux castagnettes, révolutionnaient les jambes les plus inertes. Rien d'enivrant et de passionné, il est vrai, comme les caprices de cette valse qui, à elle seule, vaut tout un opéra. Quelque chose comme une brise orientale échappée, par une belle nuit d'été, des plaines de l'Arabie ou des monts de l'Espagne, tout imprégnée des parfums de l'oranger. Eloquent interprète de ces cœurs dont les battements se touchent, exprimant un muet langage d'amour, un dialogue vibrant de chants séraphiques auxquels répondent magnifiquement les cordes graves des basses. Les bras des valseurs ne sont pas mieux entrelacés que ces chatoyantes mélodies qui tourbillonnent et s'harmonisent avec tant de grâce et de variété.

Armand, sous l'empire de sa vive impression, croyait voir l'*Hymne à la valse* de lord Byron prendre forme et s'agiter devant lui comme une ronde de sabbat. Une valseuse négligemment appuyée sur l'épaule de son cavalier lui sembla la mise en scène de cette strophe que Shéridan improvisa dans un bal de nuit : « Voyez s'avancer, les yeux baissés, d'un pas tranquille et modeste, ce couple si bien assorti... tels nos premiers parents se tenant par la main dans leur promenade à travers les bosquets de l'Eden. Mais le démon, avec ses illusions dorées, troublant leurs pauvres têtes, leur apprit à valser. La main saisit la main, l'autre entoure la taille... » — Enfin, comme dit ce satané Byron : « Salut ! valse inspiratrice, nymphe agile, muse mobile, la moins vestale des neuf chastes sœurs, à qui nos belles donnent de leur cœur tout ce qu'elles peuvent donner , nous laissant prendre le reste... »

Mais Armand fut bientôt arraché à cette vision fantastico-littéraire par le murmure flatteur qu'éveillait sur son passage une jeune femme qui valsait avec une prestance vraiment merveilleuse. Elle semblait emporter son cavalier dans sa course rapide. Tout à coup elle s'arrête, rayonnante de plaisir et d'orgueil, puis, agitant son mouchoir en manière d'éventail, elle remercie gracieusement son covalseur. C'était Carmagnole, simplement vêtue d'une robe noire; seulement la laine avait remplacé la soie; une petite rose artificielle au corsage, faute de camélia. Mohr, qui la suivait des yeux, vint se poster derrière elle, droit et imperturbable comme la statue du Commandeur, ou comme un Suisse au port d'armes.

Elle, en se retournant, fit un petit cri :

« Carl ! comment? toi ici !... oh ! quel bonheur !... Enfin, tu es de parole... »

Puis, elle l'embrassa sans façon et, comme on dit, de bon cœur.

Carl reçut le baiser en sultan ; et, pour toute réponse, il lui tendit la main avec ce flegme plein de fatuité de l'homme qui se croit sûr d'être aimé.

— Oui, reprit-il d'un ton gourmé, je m'ennuyais ce soir et je suis venu ici, par hasard, pour me remettre un peu les nerfs... — Il ajouta plus bas : Il faut que je te présente à un charmant garçon, Armand, un de mes amis, qui pourra nous être utile.

Et, prenant Carmagnole par la main, il se dirigea vers Armand... Tandis qu'on échangeait une révérence de part et d'autre, l'orchestre entamait une contredanse, et Carmagnole s'accrochant au bras de Mohr l'entraînait au milieu du quadrille... — On s'exhortait mutuellement à danser avec décence; mais, sous l'influence d'une mesure trop marquée, on se laissa aller à un genre de pyrrhique nationale que l'étranger, les Anglais surtout, nous envient beaucoup.

Armand, qui planait dans les sphères éthérées où la musique l'avait enlevé sur ses ailes, revint bientôt au sentiment de la réalité et observa avec intérêt le pas fantaisiste autant que dégagé qui s'exécutait devant lui.

— N'est-ce pas là le cancan? demanda-t-il à Carl.

— Précisément, répondit celui-ci en se trémoussant de droite à gauche et en terminant par un grand saut pendant lequel sa danseuse se précipitait au-devant de lui en frétillant.

— En vérité, je ne vois pas ce qu'on trouve d'indécent dans cette danse; tout au contraire, elle est pleine de grâce et d'originalité... on la danserait dans le salon le plus comme il faut.

En effet, ceux qui médisent du *cancan*
ne le connaissent pas ou l'ont vu mal dansé.
Toutes les jambes, du reste, ne peuvent pas
l'aborder. Ne me parlez pas de cette agitation
de bras et d'épaules qu'on remarque dans
les bals de barrière. Ce n'est pas là le cancan. Tout le jeu de cette pyrrhique consiste
dans la souplesse et l'agilité des jambes ac-
compagnées d'un léger déhanchement. C'est
une des figures de l'ancien menuet, mais en
allegro. Danse toute française, il correspond
en chorégraphie à ce qu'est la chanson en
poésie, ou le vaudeville en art dramatique.
J'y vois de la gaieté, de l'entrain, mais pas le
moindre mal. Que direz-vous alors de la
lasciveté et de la passion que la *cachucha*
laisse tomber des plis de sa robe, tandis
qu'elle vous provoque avec accompagne-
ment d'œillades et de castagnettes? Et cependant toutes les mères de Paris ont mené
leurs filles aux représentations *cachuchantes*.

Tandis que la polka et la mazurka succé-
daient à la valse et au quadrille, Armand par-
courait la salle en observateur; il étudiait
l'aspect de ces jeunes femmes, qui toutes
avaient un reflet de beauté, mais alangui
par une fatigue précoce. Il lui sembla qu'en
prenant à chacune d'elles une perfection, à
celle-ci ses mains, à celle-là son buste, à telle
autre son charmant visage et sa riche chevelure, on taillerait la statue d'une Vénus

incomparable, ou plutôt d'une Sapho, mais d'une Sapho moderne ; car où trouver dans l'antique ce mouvement indéfinissable qu'on a défini le *brio* et que les artistes appellent le *chic*? Aussi nos artistes, peintres et statuaires, viennent-ils choisir parmi ces femmes leurs modèles.

Armand ne fut pas fâché d'avoir traversé, ne fût-ce qu'une heure, cette oasis exceptionnelle. Il lui parut que ce laisser-aller, quelquefois un peu décolleté, il est vrai, valait bien la vertu guindée, fardée et haut montée de certains salons.

Onze heures sonnèrent, l'heure de clôture du bal. Chacun cherchait son ami ou son amie; amitié qui commence quelquefois quand finit la clarté du gaz. La rue retentit longtemps des cris de la bande joyeuse, qui s'envolait comme une nichée d'oiseaux jaseurs.

Armand marchait à côté de Mohr, qui donnait le bras à Carmagnole.

VIII

Ménage d'étudiants.

Le lendemain, Armand offrit à Mohr et à Carmagnole de partager avec eux sa chambre et sa bourse; il leur laissa son lit, et s'improvisa une modeste couche en étendant un matelas dans un des coins de la mansarde.

C'est à cette époque que ce local fut surnommé la *Chambre ardente*. Chaque soir une demi-douzaine d'amis venaient former un petit cercle autour du poêle de tôle et deviser en fumant leur pipe. C'étaient un étudiant en droit, un bohême et deux ou trois gens de lettres en herbe. Parmi eux, un étudiant en médecine qui répondait au nom de Davenière; je dis qu'il *répondait*, parce qu'il paraissait trop taciturne pour parler avant qu'on l'interrogeât. Absorbé dans ses contemplations tabagiques, — car il quittait rarement sa pipe, — il ne prenait ordinairement la parole que pour supplier Carmagnole de lui chanter quelque couplet de vaudeville, ou bien encore les *Cloches* d'Hégésippe Moreau. Puis, il retombait dans une rêverie profonde. De temps à autre, ses yeux s'arrêtaient sur Carmagnole; alors il l'enveloppait d'un long et profond regard...

Il y avait quelques mois à peine que durait ce ménage à trois. Déjà plus d'une fois la cruelle nécessité avait forcé un de nos trois amis à confier aux soins intéressés du Mont-de-Piété de la rue Saint-Jacques ou de la rue de Condé, qui un pantalon, qui sa montre, etc., etc. Enfin, Carmagnole allait y porter l'unique châle qu'elle possédait; mais il y eut unanimité pour s'y opposer. Armand recevait toujours sa pension, mais, insuffisante pour trois, elle était dévorée d'avance par les dettes... Enfin, la hideuse misère, accompagnée de sa sœur, famine, s'avançait à grands pas...

Que faire ?.. Armand se mettait la tête dans les deux mains et demandait des ressources à son génie. A force de se creuser le cerveau, il finit par avoir l'heureuse idée d'envoyer à ses parents un exposé de sa situation financière, avec les motifs à l'appui. Or, tandis qu'il se mettait en verve et qu'il traçait son épître, des scènes d'une couleur quelque peu dramatique se passèrent dans la chambre ardente. Comme il est important de les faire connaître, et qu'Armand les consigna dans sa lettre, force nous est de transcrire la lettre d'Armand, d'autant plus qu'elle forme le fond véridique de cette histoire au jour le jour.

7

IX

Confession d'un étndiant insolvable.

A Monsieur ***, directeur de l'enregistrement à V***.

Chers parents, je suis, en ce moment, on ne peut plus éprouvé, c'est-à-dire pauvre comme Job ; mais, comme lui, je sais souffrir sans trop me plaindre de la rigueur du sort, m'en rapportant, du reste, à la providence d'un père et d'une mère à qui je viens en toute franchise confesser mes fautes. Je souhaite que vous ne soyez pas plus sévères que je ne le mérite, et que vous ne voyiez pas un criminel là où il n'y a qu'un infortuné dont le sort dépend de créanciers sans cœur. Je vous souhaite surtout, pour la lecture de cette lettre, autant de patience qu'il m'en faut pour l'écrire. La patience est encore un de mes points de ressemblance avec Job ; elle est un des attributs de la souffrance, car en souffrant on apprend à supporter. Mais peut-être ne suivrez vous-pas avec un pareil calme le récit de mes infortunes. Je m'aperçois déjà que, dans ce préambule, je tourne au La Palisse.. — Quant aux faits en eux-mêmes, ils sont d'un ordre de choses tellement en dehors de votre bonne vie de

province que peut-être leur exposé m'attirera
votre malédiction... Alors, que mon destin
s'accomplisse ! — Il nous faut du courage à
vous et à moi...—Enfin, je dois commencer...
Je commence :

« Peu de temps après mon retour des vacances, je rencontrai par hasard mon ancien
ami du collége de Strasbourg, Carl Mohr,
pour lequel vous avez souvent essayé sans
succès de m'inspirer de l'éloignement. Je le
retrouvai avec plaisir, me souvenant volontiers de notre ancienne amitié et fort peu de
nos mésaventures de collége, que je regar-
dais comme trop mesquines pour attirer
encore mon attention. Je l'avais vu quelquefois ; mais rarement, l'année dernière. Cette
année, il fut plus empressé à me visiter ; il
venait souvent me voir, passer avec moi la
soirée à fumer et à causer. Il me parla de
lui, de sa famille, de ses fredaines d'étudiant. Il avait, pendant dix-huit mois, fré-
quenté assidûment la Chaumière, le Prado,
les Grisettes, Meudon et Montmorency. Son
père lui donnait alors, disait-il, 150 francs
par mois pour ses plaisirs ; malgré cela, il
avait fait des dettes, emprunté à des usu-
riers, sur un majorat que son père tient du
gouvernement prussien et qui doit lui reve-
nir comme au seul enfant mâle. Ce que
voyant, son père lui avait coupé les vivres

et le tenait très-serré. Lui s'en plaignait; je trouvais cela raisonnable. Mais il ajoutait que cette contrainte était inutile, attendu que son goût pour ses anciens plaisirs était passé; qu'il n'aspirait à sa liberté que par amour-propre et pour ne pas se voir traiter en écolier paresseux. Je le félicitais de sa conversion, qu'il m'assurait être complète, et il m'amenait à trouver excessif le rigorisme de son père. Il était obligé d'inventer des fables pour venir me voir, et c'était là pourtant un plaisir bien innocent. J'étais à peu près de son avis, et il me conduisait de la sorte insensiblement au but qu'il poursuivait. Il me parlait souvent d'une fille du quartier latin du nóm de Carmagnole, qu'il avait eue pour maîtresse, qu'il avait quittée, je ne sais plus pour quel motif, mais qui avait conservé pour lui une passion violente. Lui-même lui avait gardé de l'attachement. Il l'avait recherchée au milieu de la tourbe de l'*étudianterie*, parce que, disait-il, il avait découvert en elle, de bons instincts et des sentiments généreux. Enfin, Carl me demanda la permission de me la présenter ; je consentis même à ce qu'ils pussent se rencontrer dans ma chambre.

« Un matin, je vois arriver Carl apportant avec lui toutes les hardes qu'il avait pu prendre. Il avait eu avec son père une vive altercation, à la suite de laquelle il prenait le parti de ne plus rentrer chez lui, ne voulant pas en passer par d'humiliantes conditions. Ici je commis une faute en leur offrant un asile, à lui et à sa maîtresse dont le ton me paraissait très-convenable. Mais, hélas ! je ne prévoyais pas jusqu'où me mènerait cette imprudence. Elle commença bientôt à porter ses fruits ; au bout de quelques semaines les dettes arrivèrent. Bien souvent nous ne sûmes pas le jour comment nous mangerions le lendemain. Dans un moment critique, j'écrivis à notre parent du ministère ; je lui exposai en deux mots mon embarras et ses causes. Il m'envoya 25 francs et de vieux habits dont je retirai une trentaine de francs. Ce faible secours fut bientôt épuisé. Néanmoins je lui mandai bientôt après que j'étais tranquille, rentré dans ma solitude et dans mon aisance. Rien n'était moins vrai. Les choses allaient de mal en pis. J'avais aussi tenté de trouver quelque travail lucratif; je n'y parvins point, ni Carl non plus. Alors le découragement s'empara de moi. De son côté, Carl prenait les quatre pieds chez moi et à chaque instant il avait des querelles avec sa maîtresse. Je n'avais plus une heure de tranquillité. Il était le maître de la maison, disposait de tout sans discrétion pour lui-même et pour les autres, engageait des gens à venir *nous* voir, disait *notre* chambre, *notre* épicier, *notre* marchand de bois, *notre* argent, *nos* dettes, etc.... Il eût sans doute changé de ton, s'il eût fallu payer tout cela. Sur les représentations de Carmagnole, il se décida à écrire à son père pour lui peindre son embarras et celui d'un ami qui l'avait à sa charge. On lui répondit que la maison paternelle était ouverte. Il écrivit encore et temporisa, sous prétexte qu'il avait demandé quelque chose dont l'obtention exigeait quelques jours de négociation. Je vis qu'il voulait traîner l'affaire en longueur, et je ne sais vraiment jusqu'où il en fût venu sans la catastrophe que voici :

« — Sais-tu l'histoire de Carl Mohr ? me dit un jour Robert, comme j'entrais chez lui.

« — Quelle histoire ?

« — Viens. Je vais te la dire.

« Il m'emmena dans sa chambre; et voici ce que j'appris :

« Dans le cours, de ses dernières études, Carl était fort lié avec un certain Adolphe G***, fils d'un tanneur de la rue Miroménil. Cet Adolphe tenait la caisse. Carl se trouvait assez souvant seul dans le bureau, et l'on remarquait de temps à autre des déficit de 100 fr., de 60 ou 50 fr. Monsieur et madame G***, leur fils, s'accusaient mutuellement de négligence, et chacun d'eux affirmait n'avoir distrait pour la dépense rien qui ne fût porté en compte. Enfin, on prit le parti de changer les fonds de place et on les transporta, en présence de Carl, dans la commode de madame G***. Vers le même temps, Carl était venu nous voir, Robert et moi. Après son départ, nous nous aperçûmes que la clef de la commode de Robert avait disparu. Toutefois nous nous refusâmes à croire que Carl l'eût prise, bien que nous fussions sûrs de l'avoir vue peu d'instants avant son arrivée. Notre femme de chambre, qui était Allemande, seule disait : «Oh ! moi bien sûre monsieur Mohr prendre « le clef pour faire farce! » La clef ne se retrouva pas. Carl retournait quelquefois chez madame G***. Une fois, il entre dans la chambre de madame G*** et lui dit :

« — Madame, montrez-moi donc la manière dont vous pliez vos serviettes...

« — Mais, monsieur Carl, je vous montrerai cela un jour que vous dînerez avec nous.

« — C'est que j'ai promis à ma sœur de le lui faire voir ce soir.

« Madame G*** céda et sortit pour aller chercher une serviette dans la salle à manger. Il y avait deux pièces à traverser, une armoire à ouvrir. Carl avait tout calculé.

Il introduit sa clef dans la serrure de la commode ; mais elle était trop grosse ; il voit avec terreur qu'elle ne peut ni entrer ni sortir. Entendant alors madame G*** qui revient, il donne sur la clef un violent coup de poing et la brise. Puis, il regarde plier la serviette et s'en va.

« Quelques instants après son départ, madame G*** veut prendre de l'argent dans sa commode ; elle ne peut faire entrer la clef. Après de vains efforts, elle envoie chercher un serrurier. Celui-ci déclare qu'on a brisé une fausse clef dans la serrure. Tout s'explique alors. Carl était seul entré dans la chambre ; nul autre que lui n'avait pu tenter le vol. On ne douta pas non plus, dès cet instant, qu'il ne fût l'auteur des emprunts forcés faits à la caisse pendant un an ou dix-huit mois. Madame G*** le manda dès le lendemain ; il vint sans défiance et se trouva face à face avec deux témoins et les trois membres de la famille G***. Un papier avait été préparé. Il contenait à peu près ceci :

« Je, soussigné, reconnais devoir payer à monsieur G***, lorsque je serai en possession de ma fortune, la somme de......... (les uns disent 20,000, les autres 15, 10, 5,000 fr.) que je lui ai volés dans l'espace de dix-huit mois. »

« Carl fut sommé de signer ce papier,

sous peine d'être livré aux tribunaux. Il signa.

« Robert tenait ces détails d'un ancien camarade de Mohr, et lié avec la famille G***. Ils étaient précis. Toutefois leur gravité m'empêcha de m'y tenir. Je me rendis sur-le-champ avec Robert chez M. G*** et je lui exposai le sujet de ma visite. Tout en ne parlant que par réticences et à mots couverts, M. G*** confirma tout ce que nous savions. J'étais atterré. Je rentrai chez moi plein d'une émotion pénible, mais résolu à rompre à l'instant mes relations avec M. Carl Mohr.

« Quand je rentrai il était seul ; Carmagnole était sortie pour quelques instants. J'en profitai.

« — Tu as reçu ce matin, dis-je à Carl, une lettre de ta famille ?

« — Oui.

« — Que t'y dit-on ?

« — Que je puis rentrer quand je voudrai.

« — Je t'engage donc à le faire aujourd'hui et le plus tôt possible.

« — Pourquoi cela, mon vieux ?

« — Pourquoi ? n'importe ! J'aime mieux

t'épargner les détails de l'histoire qui me force à rompre avec toi.

« — Mais enfin, explique-toi.

« — Connais-tu monsieur G*** ?

« — Non... oui. Pourquoi?

« — Il me semble que ce nom seul t'apprend de reste que je suis instruit de tout.

« — Instruit de quoi? Je ne sais ce que tu veux dire.

« J'insistai. Carl me dit alors qu'il se trouvait victime d'une odieuse machination; qu'il était tombé dans un affreux guet-apens, mais qu'un jour il serait lavé de cette tache, que les masques tomberaient, et que je me repentirais de l'avoir ainsi traité, etc., etc... Je lui fis observer que j'avais des preuves certaines de sa culpabilité, et lui demandai s'il pouvait m'en donner de son innocence. Il ne le pouvait maintenant, disait-il, parce que ce secret ne lui appartenait pas; des raisons impérieuses l'obligeaient à se taire malgré le désir qu'il avait de se justifier.

« Ce que j'ai su depuis, c'est que la famille G***, en faisant signer à Mohr la reconnaissance ci-dessus, avait énormément exagéré le chiffre de la somme dérobée, qui était à peine de 500 francs. C'est ainsi que d'*honnêtes* gens exploitaient le vol d'un jeune homme altéré de plaisirs.

« C'est ce que Mohr essaya de m'expliquer avec force protestations.

« Je ne tins aucun compte de ces protestations, et le priai de préparer ses affaires. Là-dessus, Carmagnole rentra.

« — Il faut, lui dit Carl, nous apprêter à partir.

« — Ce que j'ai dit pour Carl ne vous concerne pas, repris-je en m'adressant à Carmagnole; car, bien qu'on vous ait accusé de complicité avec lui, je n'y crois pas; et si vous voulez rester ici, non-seulement je vous le permets, mais je vous en prie.

« — Non! non! dit Carl, je veux qu'elle s'en aille.

« Je fus indigné de voir cet homme jeter ainsi de gaieté de cœur cette pauvre fille sur le pavé en l'entraînant hors du seul asile et loin du seul ami qu'elle eût.

« — Oh! je veux m'en aller, dit-elle les larmes aux yeux. Moi! je rentrerais chez vous quand je sais que vous méprisez Carl! — Et se tournant vers lui : — Va, si tout le monde t'abandonne; moi, du moins, je ne te repousserai et ne te quitterai jamais....

« Ce dévouement stérile me remplissait

de pitié pour elle et de mépris pour l'homme
qui méritait si peu d'en être l'objet. Pourtant, que s'était-il donc passé entre eux ? Ce
pacte était-il celui du déshonneur, ou peut-
être celui plus rare d'un amour vrai ?... Je
le sus bientôt. Carl avait depuis longtemps
avoué à sa maîtresse une faible partie de la
vérité ; il lui avait dit que, dans un moment
d'égarement, ayant beaucoup de dettes et
voyant apporter de l'argent dans la commode de madame G***, il avait fait une ten-
ative pour s'en emparer. Voilà ce qu'il finit
par m'avouer ce jour-là. Une scène déplo-
rable eut lieu. Carl pleurait et se désespé-
rait ; Carmagnole sanglotait et essayait de
relever son courage... Enfin, ils partirent
ensemble.

« Tant qu'avait duré la scène que je viens
de raconter, j'étais resté maître de moi, j'a-
vais contenu mon émotion ; mais quand je
me retrouvai seul dans ma chambre, je
sentis un vide profond et amer autour de
moi. Je ne pensais point à Carl qui m'avait
désaffectionné pour lui ; mais toutes mes
idées se portèrent sur celle dont la conduite,
si insensée qu'elle fût, ne manquait pas de
noblesse. Je me demandais avec angoisse
ce qu'elle allait devenir, seule, sans ressources, sans amis. Car son amant, une fois
rentré chez son père, ne pourrait lui être
d'aucun secours. L'inquiétude m'empêcha

de dormir. Je voulais, n'importe par quel moyen, la retrouver, la ramener chez moi, lui faire entendre raison, lui montrer combien Carl était peu digne de son affection. Enfant que j'étais !

« Peut-être était-elle allée chez sa mère adoptive, dont je lui avais entendu parler. Le lendemain, je me rendis au domicile de cette brave femme. Quels furent mon étonnement et ma consternation quand j'appris qu'elle était morte depuis longtemps à l'hôpital Necker !... Et cependant elle était sortie plusieurs fois, nous disant, à Carl et à moi, qu'elle allait voir sa mère ; elle lui avait même écrit plusieurs fois !... C'était donc une comédie ?... mais où allait-elle ?... Je ne savais que penser. Evidemment, Carl et moi, nous avions été dupes. Carmagnole nous avait trompés...

X

Suite de la précédente.

« J'arrive à la période la plus délicate et la plus embrouillée de mon *Confiteor*. Ici plus que jamais je redoute de ne pas me faire entendre, car ce sont des faits d'un ordre étranger à vos idées, à vos habitudes, à tout ce que vous connaissez de la vie sociale et des usages reçus. Ces faits, en outre, quoique plus récents, sont les plus confus dans mon esprit fatigué, dans ma mémoire altérée. J'aurais besoin de vous mettre sous les yeux les moindres détails, et ces détails m'échappent ou se présentent sans ordre et sans suite dans mon cerveau. J'en éprouve bien de l'inquiétude et du chagrin, plus, sans comparaison, que s'il s'agissait de moi seul. Je suis votre fils, vous êtes naturellement portés à l'indulgence pour moi ; mais cette femme, à qui j'ai pardonné ses fautes parce que je la considérais aussi comme mon enfant et plus encore parce que j'ai été à même de reconnaître à ses égarements eux-mêmes des mobiles nobles et généreux, la jugerez-vous d'après mon récit, comme je l'ai jugée d'après les faits dans lesquels j'ai joué moi-même un rôle important? Telle est la question que je m'adresse avec anxiété... Non! je ne dois pas désespérer; je vous supplie de baser surtout votre jugement sur le dernier résultat des événements, sur la conclusion du roman (car c'en est un, en vérité), et de considérer que plus on a été coupable, plus on a de mérite à devenir bon et sage. Je m'arme donc de résolution, je rassemble mon souvenir et mes forces pour accomplir ma tâche et vous intéresser à mon but. J'abrége néanmoins la suite de ce récit, autant pour ne pas vous lasser que pour ne pas vous laisser inquiets sur ses conséquences.

« Voici quelle était la vérité. Carmagnole ignorait la mort de sa mère adoptive, avec laquelle elle avait eu une petite brouille plusieurs mois auparavant. Depuis, elle était sortie, nous disant, à Carl et à moi, qu'elle allait voir sa mère. Où allait-elle? Je sus cela quelques jours après son départ de chez moi. Un de mes plus intimes amis, Davenière, que vous connaissez, l'avait vue dans notre cercle et en était devenu éperdument amoureux. Il avait commencé par ne lui en rien dire; puis, il avait parlé vainement pendant deux mois, seulement il avait obtenu qu'elle allât le voir de temps à autre. Puis il était parvenu à se faire écouter; mais elle lui avait déclaré qu'elle ne quitterait point Carl qu'il ne fût rentré chez son père, et cela pour des raisons graves à elle connues. Ce secret consistait dans l'aveu de ce vol qui établissait comme un lien fatal entre eux. Une fois hors de chez moi, elle se considéra comme libre : et, croyant aimer Davenière parce qu'elle s'en voyait idolâtrée, elle considéra presque cet amour comme un devoir, eu égard à la loyauté et au dévouement de ce jeune homme qui était incomparablement plus digne que Carl. Elle devint donc sa maîtresse. Un regret amer s'empara d'elle aussitôt. Elle connaissait mon puritanisme, et, redoutant mon mépris si j'apprenais sa faiblesse, elle se voyait obligée, ainsi que son nouvel amant, de se tenir à l'écart de moi. Cela ne servit de rien ; je devinai une partie de l'aventure, et à la suite d'une rencontre fortuite, Davenière ne put me cacher le reste. Furieux d'abord, j'écrivis à Carmagnole une lettre où je lui reprochai fortement cet oubli d'elle-même joint à sa dissimulation à mon égard. Elle me donna alors de sa conduite les explications que je viens de vous reproduire. Elles me parurent suffisantes, sinon pour la justifier absolument, du moins pour l'excuser, en faisant abstraction, bien entendu, de tout rigorisme matrimonial. Je vis qu'elle tenait à mon estime et à mon affection, bien qu'elle n'en eût plus matériellement besoin, et cela me toucha. Je redevins son ami comme par le passé.

«Davenière venait me voir quelquefois, à ses heures de courage, comme il disait, quand il pouvait s'arracher d'auprès de sa tout aimée. Il croyait à son bonheur avec un enthousiasme d'enfant; mais, hélas! son rêve fut court. Je le voyais chaque jour plus triste; l'étoile de son bonheur pâlissait. Puis, il en vint aux confidences. Comme il arrive souvent pour les sentiments vrais que nous éprouvons, l'absence ne fait que les accroître; il en advenait ainsi chez Carmagnole: sa passion pour Carl, mal éteinte, revenait plus vivace et dévorait son cœur. Dans un instant d'épanchement, elle en fit l'aveu à Davenière. Il reçut le coup en brave; frappé en pleine poitrine, il retint son désespoir avec ses larmes. Il était alors à ses genoux, lui répétant qu'il l'adorait; à cet aveu, que Carl était toujours présent à sa pensée, il se redressa, lui tendit la main et jura, en lui rendant sa parole, qu'il n'y avait plus entre eux qu'un pacte d'amitié. Il poussa plus loin la générosité: «Tu aimes toujours Carl, lui dit-il, pauvre enfant, ce n'est pas ta faute. Tu as été bonne avec moi; va, je ne veux pas que tu sois plus longtemps victime de ma faiblesse qu'on t'a imputée... Tu resteras chez moi à titre d'amie, et tu pourras aller voir Carl

quand tu voudras ; je te demande seulement
de ne jamais prononcer son nom devant
moi. » Carmagnole me raconta elle-même
cette scène. Mais je ne voulais pas laisser
Davenière à l'épreuve d'une lutte aussi
cruelle. Je lui fis entendre raison ; il me
promit de chercher à oublier Carmagnole,
et il fut convenu qu'elle reviendrait demeu-
rer chez moi, comme par le passé. Depuis
ce jour elle est près de moi, comme une
amie qu'on respecte, ou plutôt comme mon
enfant et ma fille adoptive.

« Voilà ce qu'il me faut vous faire accepter.
Et pour cela, que vous dirai-je de plus ? Cette
fille n'a au monde qu'un seul ami, qu'un
unique soutien ; moi. Je lui tiens lieu de
famille... Je ne parle pas de Carl. Elle va, de
temps à autre, au jardin du Luxembourg
causer quelques minutes avec lui, et voilà
tout. Encore cela ne durera-t-il plus longtemps, car il doit retourner sous peu en
Prusse. Et puis, elle va le voir à peu près
comme on va visiter la tombe d'une personne chère, sans d'autre espoir que le charme
du souvenir. Notre amitié calme et pure la
console des mauvais jours que la misère et
la passion lui ont fait traverser. Elle me ré-
pète chaque jour qu'elle est la femme la plus
heureuse de l'univers. En effet, douée d'un
caractère enfantin, un rien suffit pour la
faire gambader et chanter de joie. Un bou-

quet de violettes, un paquet de lilas, un billet pour le théâtre Comte, une paire de bas neufs, et la voilà au septième ciel. Elle est on ne peut plus sobre, point coquette, peu dispendieuse en général, si peu, que depuis qu'elle est près de moi je dépense moins, sans contredit, qu'au temps de ma solitude ; d'ailleurs elle travaille et joint son petit gain à ma pension de chaque mois. Je ne suis plus morose comme dans mon isolement. C'est donc une double conversion que j'ai faite, de moi d'abord et d'elle ensuite. Aussi j'en suis tout fier ; je me mire dans mon œuvre. N'est-elle pas réellement mon enfant, cette femme que j'ai relevée, ressuscitée pour ainsi dire, et dont j'ai rectifié le cœur et l'intelligence par la seule force d'une pure affection ?

« Toutefois, deux questions me causent de l'inquiétude : la première est celle de savoir si ce que je fais sera de votre goût ; la seconde me force à me demander comment, sans votre aide, je pourrai combler le déficit de mon budget que je vous envoie ci-joint. Vous y verrez de combien les dépenses dépassent les recettes....

« Maintenant, j'ai dit. — Mon récit et mes commentaires sont enfin terminés, Dieu merci ! Je vous les livre tels quels, avec leurs fautes de style et d'orthographe, me réser-

vant de recopier plus tard, pour les garder
en double, ces pages qui sont un vrai roman, et que, si je vieillis, je relirai peut-
être un jour avec bonheur.

« Votre fils,

« ARMAND S..... »

XI

Où l'héroïne disparaît un moment de l'horizon.

Le cœur d'une femme est une boussole dont l'aiguille se tourne presque toujours vers celui qui en est le moins digne...

C'était pendant les vacances. Armand était allé passer un mois ou deux chez ses parents.

Carmagnole, qui continuait ses visites au jardin du Luxembourg, apprit de la bouche du bien-aimé Carl qu'il allait partir pour l'Allemagne; sa tête travailla aussitôt; elle mit de côté toute réflexion, et fit comme ces oiseaux de passage qui quittent la France vers le moment de l'automne. Carl à peine en route pour l'Allemagne, Carmagnole prenait la diligence de Strasbourg, et vingt-quatre heures après le rejoignait à Ems...

Il serait pénible de s'arrêter à toutes les station du chemin de la croix que Carl fit parcourir à cette malheureuse fille. Sûr de son amour comme le maître est sûr de son chien, il la sacrifia jour par jour, heure par heure, à son infernal égoïsme, pour l'abandonner enfin dans le bourbier où elle se plongea pour lui...

Carl Mohr est devenu homme, ou, du moins, il se croit tel, aujourd'hui qu'il a secoué loin de lui jusqu'au souvenir de ce dévouement insensé, dont il s'est débarrassé comme d'un fardeau. Il jouit, à l'heure qu'il est, outre son majorat, d'une pension que lui fait le cabinet prussien, et passe pour l'homme le plus probe et le plus vertueux de son cercle...

Carmagnole s'est retirée, sans doute brisée et flétrie, de cette lutte avec un amour qui était sa vie! Que de modernes Sapho ont eu, comme elle, leur rocher de Leucade!

Nous avons interrogé à son sujet Davenière, qui, de temps à autre, s'informait d'elle secrètement. Mais il n'a plus entendu parler d'elle depuis qu'elle a quitté Paris.

Peut-être aurons-nous de ses nouvelles au chapitre suivant.

XII

Une leçon de dissection.

Un matin du dernier printemps, je me levai tout joyeux. C'est si beau, un premier rayon de soleil, au moment du *renouveau!* Cela vous rappelle le frais sourire de votre première amie. On se sent jeune alors et l'on croit au bonheur. Tout en m'habillant, je fredonnais un air de marche triomphale; puis, je rabattis coquettement mon col sur ma cravate, et, posant mon chapeau sur le coin de l'oreille, je me dirigeai crânement vers la demeure de Davenière, coudoyant les passants du haut de ma grandeur et allumant, comme on dit, mon cigare au soleil. J'avais tiré mon plan pour toute la journée. Une promenade sur l'eau à Saint-Ouen, un déjeuner à la matelote, arrosé de vin blanc, tels étaient les déportements dans lesquels j'espérais entraîner Davenière. Je ne me dissimulais pas que cela n'était guère facile. Depuis tantôt trois ans, Davenière se consolait de son amour déçu par l'étude; il cicatrisait avec la science ses blessures de cœur. A la tâche tous les jours et une partie des nuits, il ne râlait pas un examen. Du train dont il marchait, il aurait doté la France d'un grand médecin de plus.

J'arrivai tout fringant chez lui. Le barbare ! il avait fermé sa fenêtre au soleil ! il pâlissait derrière ses rideaux sur un livre de médecine.

— Allons, mon cher, dis-je en lui arrachant le livre des mains, l'hygiène préserve de la médecine. A force d'étudier l'art de guérir, tu vas te rendre malade, et comme l'arc ne peut pas toujours être tendu sous peine de casser, je t'offre une magnifique occasion de plaisir...

— Parbleu ! repartit Davenière, j'en ai autant à ton service.

— Tant mieux ! A la plus belle la préférence ! Peux-tu me servir quelque chose de mieux qu'une partie sur l'eau, un déjeuner l'herbe, une matelote ; une volupté amphibie qui procède de la terre et de l'onde ?...

— Mon plaisir est aussi composé, il réunit l'agréable et l'utile. Juge ! une première leçon d'anatomie sur nature ! Barnabé, tu sais, l'infirmier de la Clinique, me fournit aujourd'hui mon premier cadavre..... cinq francs de rabais... pas cher, hein ? — Pas moyen de différer, mon sujet moisirait.

— Que le diable t'emporte ! en voilà un

appétit de chair humaine ! Ce que je te proposais était au moins présentable, et surtout plus pastoral...

— Tais-toi, Satan, je renonce à tes séductions... Pourtant, si tu v eux m'aider, nous entamerons la pièce ce matin, à nous deux, et il nous restera tout l'après-midi pour nous amuser. Avant de partir, nous jetterons du chlore dessus...

— C'est une transaction... Eh bien ! soit ! j'accepte.

En ce moment on frappa à la porte de la chambre. La porte s'entre-bâilla, et nos deux amis virent un tablier blanc surmonté d'une tête coiffée d'un bonnet de tiretaine bleue.

— Pardon, excuse !... C'est Barnabé qui vient dire à M. Davenière qu'il est servi. Monsieur trouvera la *chose* dans une toile d'emballage.

Davenière ne se le fit pas dire deux fois. Il tira de sa poche cinq francs, qu'il tendit à l'infirmier, et saisit avec empressement son couteau de dissection.

Je le laissai partir seul, avec la promesse d'aller bientôt le rejoindre à l'Ecole pratique.

Quand il fut entré dans l'amphithéâtre, il

remarqua avec plaisir qu'il était seul ; un éclair de jubilation passa dans ses yeux.

L'avare qui va furtivement compter et recompter les pièces d'or de sa tirelire est aussi jaloux de la solitude qu'un amant près de sa maîtresse ; il aime à ce que sa convoitise ne soit troublée par la surveillance d'aucun œil indiscret. Ainsi du savant qui va fouiller dans les secrets de la nature : seul il veut les surprendre et savourer ses émotions.

Davenière tira à lui un paquet de toile grisâtre dont l'aspect accusait assez grossièrement les lignes principales du corps humain. Il n'eut pas la patience d'en dérouler les plis, qu'il entr'ouvrit d'un seul coup de scalpel.

— Cadavre de femme, se dit-il ; un peu maigre... tant mieux ! j'aime autant cela... le système nerveux s'accuse bien... occasion superbe !

Et, d'un air joyeux, il chargea et alluma une pipe. Précaution bonne à prendre contre les émanations délétères qui peuvent s'échapper du sujet..

Davenière songea d'abord à retrancher la tête. Dans ce but, il se mit à tailler dans la partie charnue du cou et coupa successivement les attaches, puis les vertèbres; puis, saisissant la tête par les cheveux, il la plaça d'aplomb près de lui. « Dieu ! les beaux cheveux !» se dit-il.—Il commença ensuite, en lançant des bouffées d'un tabac odorant, à promener le tranchant du scalpel vers les parties les plus susceptibles de putréfaction, afin de les dégager de leurs germes de corruption.

Tandis que sa main était ainsi occupée, son esprit poursuivait à la piste mille pensées philosophiques, et, — singulier besoin des contrastes ! — descendait le courant des choses graves pour suivre celui des choses légères. Ainsi, ce joyeux passé qu'il venait oublier dans l'étude se déroulait à sa mémoire à travers les prestiges des premières illusions et la poétique mélancolie du souvenir. Il songeait à celle qu'il avait aimée; il assistait à son premier rendez-vous dans sa chambrette ; son cœur, encore sous l'impression du baiser si longtemps attendu, palpitait de bonheur. Puis, il chercha à recomposer ses traits chéris par la pensée. Soudain, sa main s'arrêta sur son travail, l'effort de sa mémoire l'emporta ; il fixa instinctivement ses regards sur cette tête de morte qu'il avait devant lui. Peu à peu. à force de rappeler ses souvenirs, il lui sembla qu'il retrouvait ce portrait aimé, que chaque

ligne de son visage venait se fixer d'une manière sensible à sa vue, comme par enchan-
tement : il en voyait le dessin, mais sans
coloris; les yeux même étaient éteints...
Il se sentait pris d'une hallucination...

Mais il n'y avait plus à douter, ce n'était
point une vision : la ressemblance était fatale... Dans cette tête, avec ses cheveux re-
levés sur les tempes... — cruelle certitude!
— il reconnaissait la femme qu'il avait
aimée. Il retrouvait mutilée, sur le lit de dissection, celle qu'il avait reçue fraîche, jeune
et belle, dans sa couche d'adolescent.

Davenière était saisi d'une horrible
frayeur; il étendait vers cette tête les deux
mains, comme pour lui demander grâce. Il
perdit connaissance, et dans sa chute il entraîna la tête tronquée du cadavre, qui vint
rouler avec lui.

Comme j'entrai quelques instants après
dans l'amphithéâtre, ce spectacle s'offrit à
moi sans que je pusse y rien comprendre.
On conviendra que cette mise en scène, due
à la bizarrerie du plus grand des hasards, était
quelque peu étrange. Sachant Davenière
très-impressionnable, je m'expliquai son
évanouissement par une sorte de terreur qu'a-
vait pu lui inspirer son début d'anatomiste;
cependant il avait été témoin, dans les hô-

pitaux, des plus terribles opérations. Je m'occupai aussitôt de le tirer de son évanouissement à l'aide d'un flacon d'éther. Au bout de quelques minutes il rouvrit les yeux; mais dès qu'il aperçut la tête qui gisait près de lui, il jeta un long cri d'épouvante et se cacha le front dans les mains en s'écriant : « Grâce, grâce, Carmagnole, ma bien-aimée, aie pitié de moi... Tes baisers me glacent... »

Effrayé moi-même, je regardai cette tête, et tout s'expliqua pour moi. Mon premier soin fut de la cacher et de faire disparaître le cadavre. J'appelai le portier de l'Ecole, qui fit approcher un fiacre et m'aida à y transporter Davenière.

Pendant quelques jours que je le gardai à vue, il eut des accès de fièvre chaude. Le délire diminua peu à peu; enfin, la nature reprit le dessus, et la fermeté de son esprit triompha du souvenir de cette funèbre catastrophe et de la dangereuse impression qu'elle avait dû lui laisser. Il demeura cependant sombre et rêveur; seulement il me dit, avec une voix d'une douceur et d'une tristesse infinies : « C'en est fait, je renonce pour jamais à la médecine; je ne veux plus en entendre parler; tu vendras mes livres dès aujourd'hui, le plus tôt possible. » — Je m'entendis sur-le-champ avec un bouquiniste, qui acheta, au quart de sa valeur, une des bibliothèques médicales les plus complètes.

Davenière va souvent se promener au cimetière Montparnasse, près d'un petit tertre orné d'un jardinet sous lequel repose la dépouille mortelle de Carmagnole et où croissent un myrte, des pensées, des myosotis et des pervenches. Quelquefois il en rapporte une fleur ou deux et me fait une leçon de botanique à sa façon. Il me soutient qu'il existe un magnétisme végétal aussi bien qu'un magnétisme animal. Je me garde de le contrarier. Il cherche en ce moment à découvrir l'âme et le langage des plantes. Selon lui, leur forme et leurs couleurs en sont les emblèmes, une sorte d'alphabet mystérieux.

Bien souvent je l'engage à penser à son avenir médical. « Que m'importe ! me dit-il ; pour être un bon médecin, il faut avoir le cœur aussi ferme que la main .. » Il prétend que c'est ce qui lui manque.

FIN.

TABLE DES MATIÈRES

Paris. — Typ. de Cosson et Comp., rue du Four-Saint-Germain,